BYRON SALAS

MERCURIO EN PRIMAVERA

ediciones
lanzallamas

MERCURIO EN PRIMAVERA

Colección Bartleby

© Byron Salas
© Ediciones Lanzallamas

San José, Costa Rica.
Apartado Postal 7202-1000 San José
Correo electrónico: info@edicioneslanzallamas.com
www.edicioneslanzallamas.com

Juan Murillo y Guillermo Barquero, editores
Mónica Lizano, diseñadora de la colección

CR863.44
S161m
    Salas, Byron
    Mercurio en primavera / Byron Salas –1a. ed.– San José, C.R.:
    Ediciones Lanzallamas, 2017.
    208 p.: 14 X 14 cm. - (Colección Bartleby 10)

    ISBN 978-9968-636-26-1

1. Novela costarricense. 2. Literatura costarricense. I. Título.

Para David, el comienzo

Del pene brotan dos ríos —tu piel es un mapa—: uno, impe-
tuoso, asciende por el lado derecho del cuerpo, ronco, arrastrando arena —te cubro de yeso, con tinta negra y un pincel
finísimo te dibujo, ascendiendo por el lado derecho, en un
torrente que con mi respiración crece, engarzadas unas en las
otras, las consonantes—; el otro, manso, claro, sube por el cos-
tado izquierdo, lentas espirales verdes, algas en los meandros,
rumor de polen cayendo, transparencia —te dibujo las vocales.

Severo Sarduy, Cobra

¿Qué puede uno contar sin gran impudor?

Elias Canetti, La provincia del hombre

Para que se alegraran el vacío y la amapola
las estaciones y los coloristas
te inventaron con nombre de planeta delicado

Eunice Odio, Suite de la bailarina iluminada

Entrada festiva

Al final sería yo quien debía asumir el riesgo de trasmitir su propio cuerpo, este lenguaje, a través del entretejido manto de días secos, rostros desfigurados por una ponzoña de plata o de hierba nueva extenderían sobre mí sus gestos. Soñaba el sí de los grandes ojos resguardados dentro de esos rostros amorfos, pero también mi sí. Pararme frente a ellos, como fueran, quienes fueran, y decir un sí enérgico como si estuviera aceptando llamarme como me llamo. El primer sí no parecía esta avalancha del miedo. Pero al final entraban en juego otras cosas que la oscuridad de un cuarto o el calor de la madera no podían disipar en un vaho casi líquido: yo, verme a mí, siendo yo y a la vez no siendo, desnudo sobre una mesa, sobre mil mesas, sobre todas las mesas o las camas y babeando todas las almohadas y lamiendo todas las vergas y siendo yo de cuatro patas en cada apartamento cada noche. Chorro blanco reavivando la pantalla. También tenía que verme corriendo tras otro, como yo pero no tanto. Menos preocupado por las dificultades y más dado al disfrute de provocar la desaparición de otros, estorbos en medio de un campo florecido. Al final estaba esta madrugada terminando a la altura de mi vello, que no había tocado en mucho tiempo, que no había visto nadie más que Carlos, Carlos que en cinco minutos despertaría y caminaría hasta su cuarto, fingiendo, tal vez maldiciendo, sí, porque en el fondo sabe que lo que duele a la carne termina doliéndole al mundo entero, y ya qué, una flor cubierta de rocío es lo mismo que una boca tiesa en un frasco, es lo mismo que un hematoma iluminado por el sol de la mañana. Una fruta reluciente: ya siendo carne muerta, ya cadáver, breve eclipse de todo florecimiento. Flores, festivas y fúnebres flores sobre el campo que se expande de la cama al océano; flores que asaltan un carruaje de oro que nunca existió, pájaro congelado en la canoa que no canta por mirar, yo pájaro que mira, que mira a Carlos durmiendo en este sitio que al vacío se deja, y al final, nunca entrar en ese campo que me espera, en esas flores que por mí encuentran su giro, su sol vaginal, infinito, pajaril inmunidad a la retención del invierno, ya brota la luz en un lugar donde la luz no se va nunca, donde importa más este cristal o esta escena iluminada a medias que la oscuridad que la sepulta; porque flores, flores festivas y fúnebres alrededor de mí, pequeño dios, pequeño Mercurio que aletea y se rinde y mortal busca en otros la muerte... y al ser las ocho de la mañana Julita y Carlos irrumpieron en su cuarto con un queque de chocolate en el que estaba grabada la inicial de su nombre con algo parecido a jalea de guayaba. El ruido de la puerta al abrirse bruscamente lo había traído de nuevo al mundo de los vivos. Estaba soñando que corría en medio de los naranjos con un gran ejército de abejas, aguijones como espadas desenvainadas, pisándole los talones. Después del gesto desesperado de quitarse las abejas de la cara, comenzaron a sonar las voces estrepitosas de su madre y su hermano cantándole cumpleaños feliz. Julita se acercó y empezó a besarle la frente y a recordarle que hoy hace veinte años, mi amor, un día como hoy, fingiendo un amor profundo y detestable. Carlos permaneció sosteniendo el queque y cuidando que el viento que se colaba por la ventana no apagara la vela enorme. Julita cumplió con su perorata y llamó a Carlos para que acercara la llama a la boca de su hermano. Soplá la candela, dijo Carlos, guiñándole un ojo. Él lo miró entre resentido y cómplice y con un leve soplo desapareció la llama. Julita aplaudió y dijo que iba a traer un cuchillo para partir el queque y desayunar de una vez. Mami, pero ¿por qué no me dejan ponerme la ropa y bajamos a comer como Dios manda? No aquí en mi cama. Julita sonrió y clavó sus ojos en el piso, está bien, vamos entonces, vení Carlos para servir el café y el queque.

Carlos atendió a los golpecitos de su madre en la puerta como a eso de las siete y media. Ella estaba todavía en bata y tenía un billete dándole vueltas en las manos, se disculpó por despertarlo tan temprano un domingo y de inmediato le pidió cambiarse. ¿No se le olvidó quién está cumpliendo años hoy, o sí? Respondió que no, para nada. Pero, ah, bárbara, doña Julia, venir a tocar la puerta un domingo a esta hora, el único día de la semana en que puedo dormir hasta el mediodía. Y todo por él, todo por él. Tomó el billete y fue hasta el clóset a buscar una camisa y una pantaloneta, Julita permaneció en la puerta con un gesto inquisitivo.

—¿Qué pasó, ma?

—¿Cómo que qué pasó?, ¿usted se dio cuenta a qué hora entró anoche, Carlos?

—Ay, mami, por Dios, ya vamos a empezar de nuevo...

—¿Estaba otra vez con la vieja esa?

13

—No le diga así, ella no está vieja... Y le he dicho mil veces que es una buena compa. Hablo mucho con ella y pues sí, anoche nos fuimos a tomar unas birras.

Julita cerró la puerta después de decirle que se apurara, que tenía que ir rápido, no fuera que su hermano se despertara de la nada y todo se fuera a la mierda, como solía pasar con todas las cosas que planeaba. Carlos se demoró en el nudo de los cordones, en la contemplación sorda de la calle a través de la ventana, la misma calle gris y las mismas casas que con el paso de los años habían pasado a ser algo parecido a un montón de agregados de lata y olor a cocina sucia. Volvió a cerrar las cortinas, dejando el cuarto en penumbras, y salió.

Entonces te quitás de la cara las ramas que amenazan con herirte, porque cómo has cuidado esa cara a pesar de que frente a tus amigos te empeñés en decir que no te importa, que no tiene importancia si la cara o, para ser más exactos, la piel de la cara, está bien o mal, marcada o devastadoramente lisa. Las ramas son agresivas y es agresivo el zumbido de las abejas formando una figura bestial y negra detrás de las copas, contra el cielo mudo que se rompe en oquedades que resguardan algo parecido a nubes de lluvia. ¿O son más abejas, más batallones? Seguís avanzando entre los árboles. El campo que tenés que atravesar parece infinito, no hay un borde, una línea que pueda interpretarse como el fin y tampoco merma el zumbido de los insectos que te buscan, que tal vez buscan tu cuerpo para convertirlo en su nuevo hogar. Y te ves colgando de una de las ramas, con abejas que entran por tu nariz, por tu boca, que llenan de miel tu ombligo y una de ellas, gorda y terrorífica, se aloja justo en tu corazón que deja de palpitar súbitamente. Sabés que detrás del zumbido se asoman tus jadeos. Querés deshacerte sobre la tierra caliente, caer y entregarte de una vez por todas a tu horroroso destino sin cuestionar nada, sin formular preguntas que puedan cambiar la cacería que han emprendido en tu contra.

Dentro del sueño se instala el recuerdo del amanecer del primero de enero de hace un año, cuando Álvaro y Kevin estaban sentados a tu lado y en el suelo quedaba media botella de guaro que la noche no había dado tiempo de matar. Ellos hablan pero no podés entender lo que dicen. Ni en el momento en que lo dijeron ni mucho menos ahora que aparecen desparramados en un sueño como figuras desgarradas. Solo sabés que ríen de alguna de las ocurrencias de Álvaro. Lo ves tomar la mitad de un limón y agarrar la botella que reposa en el suelo y beber un gran trago. Luego chupa el limón y arruga la cara y se levanta porque ya ha amanecido y hace varias horas que se acabaron todas las celebraciones de año nuevo que iluminaban la calle. Se apagaron las humaredas de las parrillas y el retumbo de los parlantes. Todos duermen en el barrio menos ustedes, según parece. Siguen ahí llenos de alcohol, vos queriendo devolver todos los gallos de carne ante el mínimo olor. Se levantan y dicen que es hora de dormir un rato, y en ese momento aparece sobre los árboles un sonido exactamente igual al que abarrota tu sueño. Entonces Kevin señala una nube negra que se ha instalado sobre uno de los árboles y comienza a reír, diciendo que tendrán que llamar a los bomberos. Álvaro se niega, dice que es cualquier mierda cargarse un enjambre. Busca una lata entre los escombros que están amontonados cerca de la malla que delimita la zona verde, recoge la cuchara con la que habían estado comiendo ensalada para espantar el sabor de los tragos y acercándose al tronco del árbol empieza a golpear la lata. Vos contemplás la escena de lejos, todavía muy ebrio, sin poder entender por qué Álvaro hace esto a las seis de la mañana cuando todos los vecinos duermen después de una noche de juerga. En las ventanas empiezan a moverse las cortinas, mostrando caras que profieren insultos tras el cristal. El sonido de las abejas aumenta y Kevin ríe estúpidamente muy cerca de donde Álvaro está golpeando la lata sin detenerse. Lucía aparece en el quicio de la puerta. Vos la habías visto correr las cortinas de la ventana y maldecir mientras se acomodada sus aguadas tetas y ponerse un abrigo encima de la bata para salir. ¡Gordo, gordo! ¿Qué estás haciendo, gordo?, le grita desde la puerta cubriéndose más. Baja la pequeña grada y de la acera pasa a la calle y sigue preguntando qué sucede. Álvaro se detiene un momento y le dice que se meta a la casa, andate que después te pican y quién te aguanta. Lucía ve la colmena y sin necesidad de que Álvaro repita la sentencia se guarece otra vez cerca de la puerta. Las abejas parecen empezar a acudir al llamado del golpeteo metálico y Álvaro, ya en la calle, camina sin dejar de mirar el enjambre que ahora avanza en pos del sonido. Varios vecinos han salido a insultar y otros han quedado embobados contemplando tan inusual prodigio. Cual flautista de Hamelin, obeso y ebrio, Álvaro guía a las abejas hacia algún lugar lejos del barrio. No tiene idea de lo que está haciendo. Sigue caminando de espaldas y tropieza con una grieta de la calle, dando en el suelo con la lata y la cuchara. Las risas de Kevin se vuelven ridículas y ante la dispersión de las abejas empieza a buscar un sitio en el cual resguardarse. Lucía entra a la casa y cierra la puerta gritando que ayuden al gordo, manda huevo, Kevin, ayudale al gordo que ni puede levantarse. Carlos y Julita también han salido a contemplar la debacle. Las abejas se esparcen a lo largo de la calle como balas que buscan la carne en la que se enterrarán: en el cuerpo de Kevin se han clavado varias, igual que en el de Álvaro, vos estás lejos solamente como un adorno en la escena, como algo que en cualquier instante se esfuma. Uno de los vecinos logra levantar a Álvaro, que se queja de las picaduras, y meterlo a su casa mientras Kevin se revuelca en el zacate infestado de abejas. Alguien trae una manguera e intenta alcanzarlo inútilmente con el chorro. Otro grita que ya llamaron a los bomberos, no deben tardar ni cinco minutos llegando, pues están a tan solo unas cuadras del barrio. Sonido de sirenas. Kevin parece completamente apagado, vos seguís metido bajo la sombra de un almendro, sin moverte, Julita te llama exasperada pero no, decidís que hay que quedarse ahí hasta que todo el espectáculo se detenga. El camión se detiene en la esquina, figuras con trajes blancos y excesivos llegan hasta Kevin que morirá poco rato después, y es el cuerpo de Kevin el que aparece ahora como un panal humano, hediondo, colgado de uno de los árboles de naranja, llamándote y reproduciendo, como una radio incansable, su risa imbécil. El sol te aplasta, el cadáver que resguarda las abejas está frente a vos y detrás de vos otro batallón se aproxima dispuesto a traspasar tu cuerpo con sus lanzas. Te van a desollar en el naranjal. Pero el cielo se nubla, el cuerpo de Kevin cae derrotado y revienta como una naranja que se desprende de la copa. El cielo empieza a rasgarse como si fuera de papel y a través de él se cuela un resplandor infinito. Todo desaparece

17

en esa luz enceguecedora y en el ruido de la puerta que se abre y el uno, dos, tres... cuuumpleaaaañosfeeeeliz...

Laura dejó la escoba arrecostada a la ventana para quedarse mirando a Carlos. Se veía despeinado, ojeroso, tal y como estaba cuando se fue de su casa por la madrugada. El muchacho, que la había visto desde que dio la vuelta en la esquina, intentó urdir alguna estrategia para evadirla, para no tener que mentirle de nuevo y dejarla plantada hasta que se le ablandara el asco, producto, tal vez, de la culpa acumulada, y decidiera venir a pasar una noche de cervezas con ella, noche en la cual tendría que drenar sus cargas de conciencia complaciendo a Laura, descargándola a través del canal de su vagina. Hola guapo, ¿y eso, despierto tan temprano? Carlos se detuvo. La pregunta y la mano de Laura lo habían alcanzado sin misericordia. Pues, a veces uno madruga... La veo en la tarde. Laura hizo un gesto de ofensa, tomó la escoba con la que estaba barriendo la acera, dijo que estaba cortante, que esa no era la forma en que anoche le respondía cuando le estaba dando besitos por todas partes, cuando le hacía los tragos que seguramente hoy le tendrían la cabeza a punto de estallar, ¿no te querés arrancar la cabeza?, porque así no le respondía anoche, qué va, siempre se anda con estas cosas, puta mocoso de mierda, tras de cagado, crecido, y Carlos dijo que no entendía, es decir, había respondido como siempre, no sea dramática Laurita, si usted sabe cómo la quiero y cómo me gusta venir a quedarme aquí, cómo me va a venir a decir eso y a hacerme esta vara por nada, en la tarde nos vemos donde siempre, prometido. Y siguió su camino apretando los puños, murmurando sentencias que no alcanzaban a traducirse en un pensamiento o en una arenga pero sí en una fascinación que todavía no aterrizaba en terreno tranquilo, en playa desolada y calma. Había empujado, antes de salir de la casa, la puerta del cuarto de su hermano y lo había visto tendido en la cama esperando su beso. Niega, murmura un no, alguien a su lado lo saluda, le dice que hace una mañana caliente y él solo responde con una sonrisa. Los pájaros, sí, tal vez sea mejor enfocarse en los pájaros que perforan las guayabas; aquí en el piso hay otra guayaba. Lo recorrió desde las pantorrillas hasta la nuca, desnudo, la ropa interior reposaba al lado de la cama y los libros estaban perfectamente acomodados, como siempre. Entonces entró en el cuarto, caminando muy lento. Respiró hondo y a su vez escuchó la respiración de su hermano que debía estar soñando, perdido en la marejada de su sueño, agarró la ropa interior del piso y la olió con fuerza, extendiéndose en la figuración de su hermano desnudo como un imperturbable cuerpo a la espera de otro que lo contenga o lo haga explotar. Carlos cerró los ojos para cruzar la puerta de la panadería.

La mañana en que enterraron al esposo de Laura él estaba seguro de que ella nunca podría recuperarse. Julita y Lucía habían hecho a un lado sus diferencias y sus opiniones negativas acerca de Laura para ayudarle a atender a quienes asistieron al velorio y luego estuvieron con ella durante el funeral y más tarde, cuando volvieron del cementerio, fue su madre quien ayudó a Laura a dormir mientras Lucía se encargaba de limpiar un poco la casa con ayuda de él. Doña Lucía cantaba algo de Celia Cruz, lo tarareaba, tal vez algo que no era de Celia Cruz sino de alguien más que a Celia le gustaba. Los perros de Laura eran dos esfinges mínimas embutidas en los cojines del sillón. Recuerda que oyó cómo Laura lloraba sobre Julita, cómo le decía que era imposible mantenerse a flote tras la pérdida de su esposo. Pero no, mujer, la cosa no es así, tarde o temprano hay que resignarse a la ausencia de lo que parece perdurable. La muerte todavía se chupaba los bigotes felinos frente a los retratos y el polvo, como esperando su recompensa, el deleite.

Al día siguiente del entierro doña Lucía tocó la puerta de la casa muy temprano y mami bajó a ver qué pasaba. Lucas y yo pensamos inmediatamente en Álvaro, algo le habría sucedido en la borrachera de la noche anterior, tendríamos otro velatorio, otro entierro, más lágrimas, más café. No escuchamos nada. Nos habíamos detenido en el primer escalón y ellas estaban cuchicheando. A veces era posible aislar un insulto y ya Lucas había podido dar con el nombre de Laura en la conversación. Mami dijo que era una barbaridad. Doña Lucía dijo que era falta de temor a Dios. Mami arremetió de nuevo diciendo que siempre lo había sabido, que a ella nadie la engaña fácil y era algo que se veía desde que llegaron aquí. En la calle se oyó la voz de Laura, doña Lucía la saludó con una amabilidad tan suya, tan melosa y candente, que me inspiró el mismo empacho de toda la vida. Igual mami, que tiró el buenos días, Laurita, ¿cómo sigue?, con un entusiasmo que hacía más interesante lo que sea que estuvieran hablando hace un momento. Lucas dijo que bajáramos pero hubiera sido una estupidez, mami se hubiera enojado, nos conoce, se iba a dar cuenta de que estábamos parando la oreja y nos mandaría a la mierda y le diría a doña Lucía que hablaban luego o por la noche, en el bingo. Lucas estaba tan cerca

20

de mí que me esforcé por no moverme para que él no se moviera, la misma inmovilidad que había usado anoche al repetir mi rutina incandescente. Contaba las horas para que se apagara la luz de su cuarto, casi siempre bien entrada la madrugada, rozando las tres o a veces las cuatro. Me aseguraba de escuchar los ronquidos de mami y salía al pasillo con el foco, abría la puerta, alumbraba la cama de Lucas para encontrarla vacía y se iba la luz. Siempre lo mismo. Siempre sus manos llegando desde la oscuridad, ansiosas de mí, porque me niego a creer que no sean ansias, que no sea la desesperación del sediento, del que espera su recompensa. Me dejaba penetrar con una habilidad que hasta a mí me resultaba insólita, de pie, en medio del cuarto, con los dedos llenos de saliva, con la respiración de Lucas estremeciéndome la nuca. La ventana colaba siempre la luz amarilla de la calle. Si sentía un poco de dolor me mordía el brazo o mordía mi ropa interior. Me imponía la mordaza. Mi cuerpo, desolado y sucio, era desechado cuando llegaba el alba como si la amnesia se apoderara de Lucas: no me recordaba, éramos de nuevo hermanos, hermanos que desayunaban o escuchaban conversaciones ajenas en la escalera, ya no amantes, ya no cuerpos que se arrastran. Ahora, de nuevo, tenía frente a mí su pecho y el olor a cobijas revueltas, a mañana. Lo miro. Él me está mirando. Me pasa muy suavemente la mano por la cara: entonces no es el olvido, ¿qué es? Mami cierra la puerta. El hechizo roto rueda por las escaleras hasta quebrarse. El olor del café nos convida a la mesa. Mami empieza, sin que se lo pidamos, a contarnos lo que estaba hablando hace un momento con doña Lucía. Se indigna, respira hondo, condena, parte el pan, nos ofrece mantequilla. Dice que doña Lucía vio a Laura entrar a su

21

casa borracha, que no se explica cómo tuvo el descaro para salir anoche, que la dejaron bien tranquila y ya a punto de acostarse a dormir. Pero parece que tuvo una noche tremenda porque ahí anda paseando a los perros más muerta que viva la muy puta, dice mami y nos mira. Lucas se ríe y yo también para no dejarlo solo en la batalla. Mami niega con la cabeza, qué bárbaros que no tienen vergüenza, ¿qué hubieran hecho ustedes si al otro día de muerto Francisco yo entro a la casa a las seis de la mañana de goma? Lucas opina que no hay motivo para juzgar a Laura, después de todo está haciendo lo que aquí nadie hace, es decir, lo que le da la gana. Le sigo la corriente diciendo que en un par de días ya tendrá un marido nuevo, o bueno, no, ya no se volverá a echar ese yugo encima, mejor un amante, tendrá un amante en su casa, un amante que le acaricie los perros y le haga el amor donde ella quiera y como ella quiera. Pero Julita, ah, mi madre, solo dice que ella no nos educó como aborrecibles libertinos...

Carlos estuvo largo rato mirando los panes en sus vitrinas. Detectó una mosca cerca de los gatitos azucarados que sabían a naranja y exaltaban el sabor originario del café y se dejó envolver por el papel periódico que cubría y estropeaba la superficie roja de los arrollados. Detrás del mostrador lo acechaba la mirada incómoda del cajero, que siempre le había parecido una auténtica falta de simetría en aquel local. Aquí el dulzor, la masa esponjosa que crecía, lo salado del queso que se enterraba en la masa o la cubría, y detrás de esa tabla hosca y siempre húmeda, la figura encorvada y gorda del hijo del panadero, que lo acechaba con sus bolinchas negras como buscando el sonido de las monedas. La delicia se acababa en el momento en que los dedos con las uñas comidas se extendían para recoger la plata. Carlos volvió en sí, pues no estaba haciendo absolutamente nada mirando los panes en sus aposentos. Se volteó hacia el muchacho y le dijo que necesitaba un queque, nada exagerado, un quequito pequeño, apenas para tres, apenas para un desayuno atípico. El cajero sonrió y se adentró en la parte trasera. Lo oyó conversar con su padre y luego salir con un queque bastante simple, pero cuyo olor, que comprobó Carlos al acercársele, sería una digna compañía para el café y para Lucas. Cuando entró a la casa con el encargo su madre estaba bastante intranquila, por Dios, Carlos, creí que nunca iba a llegar, no ve que en cualquier momento se despierta su hermano. A Julita le pareció que el queque era horrible y no tenía nada en su decoración que valiera la pena, así que fue hasta la refrigeradora y sacó la bolsita de jalea de guayaba con la que decoró, muy torpemente, el centro del queque, trazando la letra inicial del nombre de su hijo. Ahora sí, arriba.

Un niño come una naranja mientras otros dos, con palos, trazan círculos en la tierra. Un lote baldío en el que hay árboles secos de ramas que siguen resguardando el verdor de las enredaderas. Verdor que muere a medida que el sol avanza, navegando de cabeza. La punta de los palos levanta piedrecillas a medida que dibuja la circunferencia que busca igualar la perfección o la ubicuidad de la esfera; la naranja, el sol. Aunque la esfera cítrica se ha ido desfigurando en medio de los labios y ante los dientes. No hay zacate, ni un rastro. Es la época del año en que todo muestra el sepia del estancamiento. El niño que come la naranja llama a uno de los que trazaban el círculo. Estaba acuclillado. Ahora de pie frente al otro. Han quedado tres círculos a una distancia perfecta, en los vértices de un triángulo equilátero que parece amenazar el viento. El tercer niño se une al diálogo. No nos está dado escuchar lo que dicen. La naranja ya ha sido exprimida y del límite de lo visible surge una figura cuadrúpeda que se acerca a gran velocidad. Entonces sentís miedo, un miedo descomunal que parece respirar a tu lado, manejar la disolución del sol y del parco paisaje. Anochece de golpe. Los niños están perdidos. Se tocan. Han quedado desnudos cada uno en un círculo. Cascos contra la tierra. Un caballo pequeño, muy pequeño, cuyos ojos brillan en la oscuridad, pasa corriendo entre los niños como partiendo el triángulo. Te mira con una fijeza aterradora mientras sigue su trote hacia el horizonte. Se aleja pero sus ojos se quedan adheridos a esto que sos, algo invisible, tal vez impalpable. Un odio descomunal te une al equino que ha disuelto a los infantes en sus círculos.

El bus excedía los ochenta kilómetros por hora en la autopista. No se había puesto los audífonos ni se había decidido a abrir el libro que llevaba en el bolso. Despertó muy temprano, lo cual significaba un funcionamiento a medias hasta nuevo aviso, pues el no complacer a su cuerpo con el sueño suficiente le volvía todas las cosas un imposible. Flotaba entre la completa dispersión de las imágenes y la imagen única de la ventana. Cosa curiosa que su sueño más que un comprensivo deleite fuera desde sus siete años el terreno engañoso, el hoyo negro. Su relación con el sueño era exclusivamente bélica. Las legiones oníricas ya habían ganado demasiadas batallas, incluso se habría aventurado a decir que hacía muchos años habían ganado la guerra. ¿Cómo contener a ese enemigo multiforme, voraz?

El caballo con ojos chispeantes era el sueño, ese demonio que azota el cráneo mientras huye sobre sus cuatro cascos.

Por la ventana corría el lienzo del paisaje árido, casi inservible bajo el calor y el fuego. Sí, porque estábamos en marzo. Porque en los meses más calurosos del año siempre se quemaban los charrales que envolvían los primeros kilómetros de la General. Este olor a quemado que puedo sostener en la lengua y en la garganta al mismo tiempo. Y como torcerlo, darle forma, una forma que me complazca, como al sueño. Porque todavía está humeando un tronco, calcinándose un pájaro, igual a como sigue huyendo el pequeño caballo hacia un lugar que no puedo tan siquiera aspirar a intuir.

Lucas flotaba en un sopor desesperante. Todo se iba distorsionando, separándose de su punto de contacto con la tierra. La velocidad y las cenizas, el caos del sueño y la sensación de vacío estomacal al recordar que le había dicho que sí a Leo. Había aceptado la propuesta y se iría a pelar las nalgas frente a una desconocida y se masturbaría para ella. Nada del otro mundo, nada que amerite una preparación ardua o un sueño profundo, reparador, manso. Lucas, a usarte.

—Mi amor, en serio no te propongo esto por nada malo, vos me conocés, yo solo hago negocios serios, que me dejen plata para el guaro y lo que me como. Perra, ¿hace cuánto que somos amigas? —Leo se limpia la boca con la manga del abrigo y deja el vaso de café sobre el poyo.

—Pero decime qué es. Hablás y hablás y nada que vas al grano. A ver, loca, decí qué es.

—Digamos que podés hacerte bien famosa, quién sabe. Lo que quiero es que hagás un casting.

Lucas soltó una carcajada y echó un vistazo al Morazán que ya exhibía sus decolorados tonos del crepúsculo, amparados en la sombra de un gran edificio que parecía empujarlo hacia lo que Leo estaba a punto de decir: —¿Casting de qué o qué?

—Porno. Creo que vos podés hacer bonitas fotos chingo y luego podrían elegirte para videos y otras cosas. Cuestiones de supervivencia o si se quiere de supremacía en la escala de la belleza. Ahorrémonos la discusión de su falsedad.

Lucas permaneció en silencio, esbozando una sonrisa. Siguió el movimiento solemne con que Leo llevó de nuevo el vaso de café a su boca. Dijo que sí sin pensarlo, sin rodear magnitudes ni posibilidades, simplemente aceptando el empuje de la sombra hacia la zona todavía luminosa del zacate.

Cerró la ventana de golpe, hastiado del viento. Los ojos se le habían enrojecido todavía más de lo que ya estaban gracias a la desvelada. ¿Qué le iban a decir cuando llegara? ¿Y si Leo decidía no ir, decidía simple y sencillamente desaparecer como era su costumbre? Tampoco había escogido el nombre y en eso habían sido claros: guapo, tenés que tener un nombre como para ayer, hay que empezar como los grandes, con un nombre que llame ojos, muchos ojos, pie y verga firmes contra el iris. El bus empezó a disminuir la velocidad para desviarse hacia el aeropuerto —gigantes aletas dorsales, círculos invisibles que rodean un cardumen—, varias personas empezaron a levantarse de sus asientos para dar campo a los que bajaban. Lucas repasó las caras que iban dejando un poco más vacío el paisaje mañanero: la mayoría eran conocidas, caras desgraciadamente conocidas como la pintura muerta del cuarto todas las tardes, como el irritado recuerdo del vómito. Siguió mirando a los que todavía se levantaban. Ablandó el gesto cuando distinguió entre los últimos escapistas a un moreno alto, con ridículos lentes oscuros, pero despertándole cierto apetito fugaz. Creyó verlo voltear hacia él, creyó verlo sonreír, claro, una sonrisa para mí después de un gesto que me evidencia, pero, ahora, sin embargo, todo. No devolvió la supuesta sonrisa, dejó al moreno sin su contestación. Estaba congelado. ¿Qué sabía de un moreno así? ¿Qué? Solo que nunca podría sentir el candor de su piel, su hálito de crustáceo hermoso. Un niño empezó a gritar, meciéndose entre el vidrio al que su aliento dotaba de neblina y el éxtasis que su grito hacía explotar, cuando aparecieron los aviones aparcados en la pista —tiburones metálicos contemplando la inmovilidad de la penumbra. Justo ahí, pegaditos a la malla, gritando como el mocoso anónimo, habían estado Carlos y él de la mano de Francisco viendo despegar tiburones de metal que ensombrecían a los papalotes. Soñando con que un día iban a irse para siempre de aquí en uno de esos. Para desentenderme y no volver jamás, para seguir odiando en un terreno solo mío, para no mencionar de nuevo el nombre de este pedazo de tierra y ganarme con orgullo el odio de los que amo, la soledad del traidor a la patria, su fuerza... Pero aquí seguís. Han pasado tantos años, Lucas, y aquí seguís y esa posible huida se va desdibujando para acrecentar tu fracaso. Aquí vas a pelarte los huevos frente a un ojo desvelador y aquí estás respirando hondo a ver si rescatás un poquito de su aroma, del olor del moreno y solo queda imaginarse que tiene una bonita verga que nunca voy a tocar, eso es lo que resta, lo que te resta. Sí, el moreno estará conmigo frente al lente en un par de horas tan vivo y perro como cuando me sonrió, juntos en la espesa mañana que lo volverá a sustraer de su carne erizada.

Cerró los ojos para sorprender a los infantes todavía deshaciéndose en sus círculos. Trozos de cabello quedaron sobre el polvo atestiguando la presencia de esos pequeños cuerpos ahora vueltos nada, cúmulo de partículas. ¿Y llegarían a su destino, pulverizados? Sea cual sea ese destino —habla la voz mezquina del sueño— no les abre sus brazos como se puede abrir un ojo ante el paso de un cometa o como una flor se deshace en sus pétalos apenas es rozada por la aguja del nuevo día. Otras figuras disueltas podrán haber hecho el mismo recorrido hacia el espacio disconforme del desierto equino. Y hablando del equino, ahora que te lo recuerdo, ¿será un inocuo vestigio de la zoología tenebrosa de tu Averno o un sueño de otro soñador que se cruza como las voces en dos llamadas telefónicas que se enredan? Un círculo, la esfera, los cascos y el camino: la huida, el miedo, lo deshecho, las hebras que quedan del viejo ropaje. La piel se calienta y entonces queda el olor de la naranja, la misma naranja que te traías cada vez que te agarraba tarde bajo los árboles. Todo iba muriendo. Algo terrible tocaba a la puerta y vos corrías al baño. Tarde: los orines te corrían por las piernas hasta formar un pozo tibio bajo tus pies. La voz era la misma que portaba tu padre. Aquí la naranja, la piel caliente. Saltar de un círculo a otro buscando el indicado, el que tenga el tamaño justo. Desde el cielo un triángulo gira y otro, en tierra, gira en sentido contrario. Padre, Hijo, Espíritu. Satanás enloquecido corre sobre sus diminutos cascos y parte la Trinidad no por su vértice. ¿O es la vida en tres actos? Revienta sobre tu cara el neuma cítrico que te pone a llorar los ojos. Otro toque en la puerta, otro charco de orina. Átropos reluce en un plato de oro que muestra unas tijeras. Hilo de oro que junta cada punto y en su perfección se dilata hasta la inconsciencia. Pero el caballo, la tijera. No es bronce lo que recibe los designios. El hilo negro corrompe el triángulo. La piel, el sol, ¿los ojos? Los ojos de Lucas se abrieron cuando el bus se detuvo por primera vez en el Paseo Colón. Su vejiga estaba a punto de reventar y, aprovechando la poca cantidad de pasajeros que quedaban en el trayecto final, se cercioró de que no hubiera un charco de orines bajo sus zapatos o en el asiento.

Bajó en el mercado de la Coca Cola y orinó copiosamente en uno de los baños públicos. Un hombre meaba a su lado, silbando, tal vez contara con unos cincuenta años o se les acercara. A simple vista le parecía desagradable, un cuerpo al que jamás podría acercarse ni con una miga de deseo, pero, ahora que había aceptado y estaba a punto de materializar la oferta de Leo se le ocurría que iba a llegar el momento en que el deseo iba a estar ausente. Sin embargo, no podía dejar que eso se convirtiera en un motivo para detenerse, para abandonar la cama como un cobarde y dejarse llevar por las brujas que le coserían el ano hasta dejárselo podrido, impenetrable, completamente doblegado ante sus artes. Tendría que buscar la fuente del deseo inagotable con la misma avidez con que se buscó la fuente de la eterna juventud. La búsqueda, la expedición, empezaba hoy ante la severidad del ojo ajeno y ante el suyo propio. Meditó sobre esto todo el camino hasta llegar (punto de partida) al parque Morazán, en el que Leo lo estaría esperando, de seguro ventilándose con un esmerado abanico estampado de peces.

La encontró sentada muy cerca del quiosco admirando las nalgas de uno de los patinadores que degustaba un cigarro. Se volteó hacia Lucas:

—Entonces, ¿lista? —le preguntó mientras se levantaba, acomodándose la blusa—. Igual me vale picha si me decís que no.

Lucas había respondido con una tímida sonrisa a la pregunta innecesaria, no se animaba, jamás se animaría a contarle de la duda que ahora lo estaba embargando y de la búsqueda que tendría que emprender, seguramente dentro de los límites de su propio cuerpo. Porque Leo puede reírse sin parar en mi cara o simplemente decirme que aquí se come lo que hay. Se acabó.

Las julianas de chile dulce y las rodajas de rábano, anudándose con la transparencia mineral de la cebolla, configuraban una mezcla que se regaba sobre los cuadros del mantel, pringando de culantro los vasos y los platos en que reposaba una porción de pechuga de pollo. Julita se movía de la mesa a la ventana de la cocina, descubriendo la calle bajo el embate del sol que aún no asumía su severidad de mediodía. El silencio absoluto de los cuartos y del polvo que reventaba contra muñecas de porcelana y cobijas amontonadas al pie de las camas. La calle estaba invadida por el barullo de los vecinos que buscaban el soporte de sus horas en terrenos no conquistados por la monotonía del séptimo día. El olor del arroz parecía condensarse en el cielorraso de la cocina, tal vez traspasara hasta el cuarto de Lucas y le anunciara que había llegado el momento de bajar a reunirse de nuevo en torno al ritual deglutidor.

Carlos se desnudó lentamente y apartó la cortina para verse reflejado en el cuadrado negro que estaba bajo la ducha. Antes de entrar por completo en él había contemplado la boca deforme de su prepucio esbozando una *o*. Había mirado largo rato el cadáver del pene que en breve aparecería de nuevo en la superficie de la tierra. Su pobre pene, dependiendo de una carne lejana, de una carne acaso prohibida, soñaba la muerte y languidecía en ella como generalmente hacen los penes. Luego la carne se forma y es una especie de agua fructificadora. El pene despierta, pero se da cuenta de lo ilusorio de su despertar: y el pene de Carlos que antes esbozaba una letra redonda se trasviste en un animado conjunto de raíces o ramas, y la sangre anega lo que no anega la monotonía de las horas. Bajo el chorro de agua, fría sin concesiones, se va formando la figura de Lucas, retorciéndose en la plenitud de reflejos que el tragaluz aumenta. Su torso se ofrece desde el suelo, fuera del cuadrado negro y más allá de los pies de Carlos que nunca pensó en su prepucio con boca y con *o*. Es más importante la línea que va desde el pecho, pasando por las costillas repintadas, hasta llegar al vello escueto que recubre la base del pene de su hermano. El suyo, enhiesto, espera la mano ensalivada. Afuera, los pasos de Julita, el trajín del almuerzo y sus maldiciones que nadie escucha con certeza. El glande recibe el escupitajo y se recubre con el prepucio para empezar a invadir el cuerpo de agua que emula los movimientos de Lucas. Así, como cuando se despierta y bosteza o como cuando se quita la camisa y la deja colgando del barandal de las escaleras o como cuando sale de la casa dejando atrás todo su cinismo o también como cuando le toma la mano y se quedan mirando al uno en el otro en un trance

31

que asesina lo filial. Como esa mañana durante el desayuno cuando se quedaron solos y él se atrevió a tomar la mano de Lucas para decirle —sabemos que eso era lo de menos, la vil excusa— que estaba feliz de que cumpliera un año más. Y le besó la mano y notó que le olía a chocolate y a saliva derramada mientras dormía, una combinación que lejos de parecerle repudiable, le parecía una estimulación más allá del agua y el calor que iba empañando la ventanita que daba al patio de la casa vecina.

Julita estaba segura de que iba a ocurrir lo peor, de que ya no podía hacer absolutamente nada para asegurarse de que Lucas iba a cumplir con sus mandatos y sus leyes tal y como toda la vida lo había imaginado. Pero si hasta hace unos meses, si hasta hace unos días, tal vez unas horas. Eran, ¿cuántos eran? No recordó cuántos años eran, imposible vislumbrar frente al arroz humeante y la ensalada expandida la distancia que separaba a su ser envejecido del cuerpo vitalísimo que arrojó a Lucas al mundo. Puso la taza con el arroz y se concentró en el sonido del agua rompiéndose contra el piso del baño. ¡Carlos, apurate, llevás como veinte minutos y ya está el almuerzo! Y Carlos formó una *o* ahora con sus labios para dejar escapar el inmenso tapón de aire que le comprimía el árbol bronquial acompañado de un enorme y espeso poco de semen que fue a dar al azulejo. Por eso no respondió, porque tuvo que respirar fuerte y hondo, una, dos, una, dos, para dejar salir al glorioso espíritu libidinoso que le volvía el pene un infalible diamante y los baños un continuo frotar y palidecer. Los platos estaban dispuestos y ella solamente tenía que esperar.

Lucas ya había escuchado que el almuerzo —pechugas en su honor— estaba listo y servido, pero sus intenciones eran otras. No comería con su madre y su hermano, no escucharía la plegaria ni daría dos fuertes abrazos antes de poner el primer pedazo de pollo en su boca. Pasó una pierna por la ventana y la apoyó en la lata de zinc de la casa vecina. No tardó nada en descubrir que era imposible que su cuerpo largo y a veces poco flexible, pasara de esa forma por la abertura del ventanuco, así que metió de nuevo la pierna y sacó primero brazos, cabeza y torso, de ahí en adelante se impulsó hasta caer con gran estrépito sobre las latas de la casa de Álvaro. No se detuvo a pensar en si su madre había escuchado el estruendo o si Álvaro, el gordo amaestrador de avispas, o si Lucía. Se levantó y caminó poniendo los pies en cada clavo, arriesgándose, desde luego, a caer en media sala de casa ajena. Evadió las láminas plásticas y llegó finalmente al borde del techo, donde la verja que nunca habían terminado formaba casi una escalera. Comenzó a bajar. La mala suerte, sin embargo, hizo que diera en la acera con todo y pedazo de verja, de espaldas. En la ventana apareció la cara de doña Lucía con una mueca entre enojada y despistada, abrió las celosías y lo maldijo tanto que Álvaro, desde más adentro, gritó que él volvería a pegar el bendito portón inservible. Lucas se lamentó en el suelo el golpe, pensó que su madre ya vendría rumbo a la puerta a averiguar qué diantres había pasado, pero no fue así. Solamente Lucía y Álvaro parecían haberse percatado del incidente, de su estúpida fuga terminada casi en contusión lumbar. Se levantó, le tiró un beso a Lucía y se disculpó torpemente, haciéndole, además, un gesto de que guardara silencio. Echó a correr hacia el centro.

Julita lo sabía. No hacía falta tan siquiera interpretar el sonido del costalazo contra el zinc ni contra la acera. No soy tan estúpida. Tan ingenua. Sentada en la mesa, con la comida que empezaba a enfriarse bajo el vuelo de las moscas, esperó a que Carlos bajara y se acomodara frente a ella. Así lo hizo. Con gesto serio, casi de enojo. Incertidumbre. Ella oró en silencio mientras él comía con el rostro sólido de quien contempla el silencio. Cuando ella tomó el tenedor y lo hundió en el jugo condimentado de la pechuga, él decidió que no podía verla comer, que no podía tenerla cerca:

—Voy a comer en mi cuarto.

Miró a Carlos levantarse con el plato de comida y el vaso de fresco y salir de la cocina rumbo al segundo piso. A su lado, el plato de Lucas servía de anzuelo a las moscas, ya frío. Arrugó una servilleta y se la echó a la boca, masticándola junto a la primera cucharada de arroz y ensalada.

Los pasos de Carlos terminaron al borde de la cama de su hermano, miró la ventana abierta, las cortinas apartadas. Se sentó a comer en la cama, decidido a esperarlo hasta que buscara hacer la misma travesía para llegar a su cuarto. Sí, sentiría todavía más ira de la que ya le estaba ganando las entrañas, sentiría un repudio hacia él mismo por estar esperándolo, dándole alimento a sus celos, a su incontenible pasión que terminaba en nada. En la cama, ventana abierta y plato de comida fría. Devoró solo la pechuga y dejó el arroz y la ensalada, apuró el vaso de fresco y se asomó a la ventana. Había recordado que tenía que ver a Laura esa tarde, sin falta, y le pareció una forma de paliar sus inquietudes. El sexo con la ruca sería una buena forma de dejar que se aplacara un poco el duende del segundero en nombre del duende fálico.

Los tratos entre Laura y Carlos empezaron con un saludo cualquiera. El barriecito del centro de Atenas en que vivían era demasiado pequeño como para perderse de vista. Es más, el lugar mismo, en su totalidad quebradiza e inmóvil, no dejaba espacio para pasar inadvertido, había que convertirse en un maestro de los disfraces, del movimiento de sombra entre las sombras, un conocedor indómito de los escondrijos a los que no llegaba el ojo para darse el lujo del exceso. Exceso había y se desbordaba. Eso, justamente, fue lo que insinuó el buenos días vecino de Laura en Carlos. Una mujer que pasaba de los cuarenta, arreglada de esa forma tan extravagante (labios rojos, pómulos bien colorados, cejas delineadas al igual que los ojos, un vestido floreado inconfundible y un sombrero de pana con un listón rojo) lo invitaba a perderse en su aparente exceso. Por eso la crucificaban, por eso la dejaban siempre al margen o interrumpían, todos, su rutina para verla pasar, para olerla de lejos, para dejarse llevar por un vacío menos vacío que el suyo. Los colegiales que al mediodía llenaban los poyos del parque hablaban constantemente de Laura. Sabían dónde vivía, sabían que era bella, que era bella y que estaba libre, por siempre libre. Ah, Laura, imposible saber a cuántos cuerpecitos fue capaz de introducir al sacro arte de la masturbación, del delirio onanista. Mientras vivió su esposo supo cuidar sus aventuras, supo mantenerlo feliz, casi siempre dormido, casi siempre borracho. Una combinación de lucidez luciferina y voluptuosidad avasalladora que compensaba cualquier defecto que la burda y simple vista pudiera encontrar en su rostro o su cuerpo. Por eso se especuló que ella lo había matado, que lo había envenenado, como toda una *femme fatale*, para darse la gran vida con algún amante o largarse de una vez por todas del barrio con toda su lucidez y todo su exceso. Pero ni lo mató ni

35

se largó. Lamentó su ausencia, sí, pero abrazó su soledad y emprendió la búsqueda de un amante único, de un amante que complaciera desde sus fantasías hasta sus gustos por la ropa. Muchos estudiantes de quinto año del colegio pasaron por sus sábanas y se diluyeron en el embriagante triángulo púbico que devoraba toda voluntad. Tanta belleza terminaba en berrinches y escenas de celos, en pretensiones de manutención o en amenazas de demanda que terminaban yéndose al piso con un beso, con una sesión de sexo más, la última, la sentencia.

Cuando profirió el buenos-días-vecino y vio dibujarse la torpe sonrisa en la cara de Carlos, se dijo que era un imbécil, era evidente que su aspecto desharrapado no ayudaba y mucho menos sus movimientos a veces lentos, siempre inseguros, siempre dóciles. Se encontraron en la esquina, meses después de que Julita y doña Lucía hablaran en la puerta sobre su comportamiento. Carlos sabía de ella, sabía lo que hablaban y sabía lo que sus ojos habían visto una y otra vez, repitiéndose: muchachos conocidos y desconocidos entrando y saliendo de la casa de Laura. Luego, en el colegio, se esparcían los rumores, había peleas entre parejas, separaciones, profesores indignados y profesores que apoyaban la causa de la iniciadora anónima. Porque era anónima a pesar de que no lo era. En los baños, en las aulas, alguno contaba lo que había hecho con ella. Describía sus tetas, sus movimientos, siempre asegurándose de quedar por encima de ella, de haberla hecho llorar, de tenerla comiendo de su mano. Y reían en los baños, en las aulas. El fantasma de Laura, viuda voluptuosa, deambulaba por las calles en boca de muchísimos, pues no solo degustó el sabor de los inexpertos estudiantes, sino que también supo llegar a otros más versados en materia sexual: desde figuras esperpénticas entresacadas de un bar hasta respetables profesores y colaboradores de la parroquia. Desde otras solitarias mujeres hasta vecinos aburridos, casi consumidos por el tedio. En fin, Carlos lo sabía y sabía también cuánta admiración sentía Lucas por ella. ¿La ves? —le decía cuando se cruzaban en la calle—, es increíble, pueden estar mandándola a la mierda en cinco idiomas diferentes, todos al mismo tiempo, todos echándole la sal, haciéndole amarres, desgastándole la vida a pura magia negra o a pura mala vibra, pero ella está y sigue, a ella le vale picha, te juro que le vale picha... Ella debería ser mi mamá.

Lucas había atravesado el mercado y ya se enrumbaba al cementerio bajo el sol insoportable que volvía todo una simple morada del calor. Eran casi la una y a la una tenía que ver a Moreira detrás del cementerio, como siempre lo hacían. Alrededor de dos meses tenía de haber conocido a Moreira en el asiento del último bus que venía de San José, un sábado poco memorable en que había decidido pasarse de las cuatro cervezas con Leo y las otras putas en un bar cerca de Caribeños. Estaba un poco eufórico, lejos de la total ebriedad, cuando subió al bus, intentando contar el número de bultos que se veían en los asientos. Bultos que sabía lo miraban con burla o simplemente con total indiferencia que era equiparable a la total desaprobación. Caminó hasta el fondo y se dejó caer en la hilera de asientos, parándose al instante, pues había puesto las nalgas encima de otras piernas. El dueño de las piernas se levantó y, lejos de insultar a diestra y siniestra, ofreció una especie de disculpa desde el universo amorfo de su trance canábico. Dejó su cómoda posición horizontal y se arrinconó en uno de los asientos, poniéndose el gorro del abrigo y dejando al intruso el resto de la hilera. Pero Lucas le respondió con una risa cómplice, con una palmada en el hombro y una broma sobre viajar en buses mientras se estaba en otro mundo que a pesar de ser lugar común dio pie para que el desconocido se volteara y comenzara a preguntar. El lance estaba hecho. Moreira, fin. Moreira y ya. Moreira se iba a quedar siempre: era moreno, pequeño, con una barba pronunciada y un acento demasiado torpe que solamente provocaba en Lucas la desesperación, al no poder lanzarse sobre él y morder los labios que despedazaban de esa forma las sílabas. A mitad del camino Lucas había vencido el último pudor y aunque ya se estaba disipando el efecto de las cervezas, seguía pendiente del momento en que pudiera robar un beso o incitar a las manos a buscar asidero en zonas deleitosas. Antes de la represa de La Garita el bus ya estaba vacío, el chofer iba absorto en la voz de Amanda Miguel y las luces habían disminuido su intensidad. Hubo un largo trance en que se miraron a los ojos sin decir palabra, sin reírse, solamente mirándose. Moreira quebró el hechizo volteándose hacia la ventana y justo en ese movimiento Lucas creyó ver la total disipación de sus dudas: se abrió el zíper del pantalón y se sacó la verga, empezó a menearla para endurecer por completo su excitación e invocó a Moreira a que mirara. Al voltear, el morenito se mostró reacio, casi dispuesto a dar un golpe certero a la atrevida loca, pero cedió cuando Lucas le tomó la mano y la puso sobre su glande. Las luces que habían bajado su intensidad volvieron a subir, el volumen de la música bajó dramáticamente, Moreira retiró su mano y de nuevo se consumió en la ventana, Lucas se

38

guardó la pinga y se puso el abrigo encima. La voz áspera del chofer preguntó dónde se iban a bajar, que no había reparado en su presencia. Era evidente que estaba asustado, tal vez pensando en que esos dos iban a degollarlo ahí mismo para quedarse con la espuma y los billetes. Lucas lo tranquilizó, le dijo que irían hasta la última parada, al puro centro, es que estábamos dormidos. El hombre no se confió, estaba huraño, casi a punto de detener el bus para obligarlos a bajarse, lo vieron hacer una llamada telefónica y luego, muy temerosamente, volver a subir el volumen de la música. Camilo Sesto.

Detrás del cementerio, de acuerdo con lo acordado, estaba Moreira. Traía ropa deportiva y estaba sudando copiosamente. Lucas se acercó y le pasó la lengua por el cuello. Obtuvo un empujón, un póngase serio que tengo que decirle algo importante. A pesar de todo, sabía que estaba enamorado de Moreira y no podría zafarse de ese embrollo fácilmente: había que aceptar que era un asunto imposible, al menos desde el punto de vista del moreno, pues no estaba dispuesto a exponerse a un rechazo metódico a causa de un amorío. Le dijo que fueran donde siempre, que ahí hablarían. De modo que empezaron a caminar, franquearon un par de cercas y atravesaron un potrero. Siempre llegaban al mismo sitio cubierto de hojas secas. Lucas preguntó qué le iba a decir. Estaba visiblemente disgustado, tal vez nervioso, tal vez presintiendo lo ineludible. Moreira, por su parte, estaba inquieto. Apesadumbrado.

Habló de su carrera universitaria, de los abusos que había estado cometiendo en relación con las drogas e incluso, por qué no decirlo, lo abusivo que estaba siendo con la confianza que le brindaba su novia, después de todo, estamos hablando de una buena muchacha y ya no me siento bien con esto, ya no puedo, de verdad siento que no puedo; todos los días me da por pensar en qué hago si me pescan, a usted no le importa porque ya tiene su camino hecho de este lado, pero yo no. Yo la tengo a ella, tengo mi casa, tengo la seguridad de mis papás, a ver... Lucas lo interrumpió: ¿no quiere que nos volvamos a ver? Moreira asintió. Lucas, inmune a la cantaleta moral, solamente dio media vuelta, perdiéndose por el mismo camino de pasto seco y roca suelta que habían tomado para llegar hasta ahí.

Por su parte, el encuentro que Carlos había pactado con Laura se estaba desvaneciendo en la desidia, en la inapetencia que sentía por ella. Todo el furor inicial, toda la sensación de plenitud, de triunfo, de haber sido el elegido por ella ya no existían más que en un plano casi de museo. Se paseaba de un lado a otro, oyendo los ronquidos de su madre y antes de los ronquidos su llanto y sus maldiciones hacia Lucas. La había oído estrellar el plato de la comida contra la pared de la cocina y correr hasta su cuarto, dar un portazo y quedarse ahí. ¿A qué hora tenía que verla? Cierto, no habían pactado ninguna hora, él se había limitado a decirle que la vería por la tarde. La noche anterior ya había tenido suficiente y ahora solo podía estar pendiente de la llegada de Lucas. En algún momento tenía que llegar del encuentro, porque claro que sabía que se andaba encontrando con Moreira como siempre que salía evadiéndolos, evadiéndonos es mucho decir, nunca lo hace, siempre nos alerta, se delata a sí mismo, nos da la respuesta desde antes de que pensemos en pistas para hallarla. Se quedó dormido cuando el reloj marcaba casi las cinco y media.

Lucas había sucumbido al despecho y había entrado a la Puerta del Sol a tomarse unos tragos. El gordo Álvaro lo llamó desde la barra y lo invitó a un trago que le encendió las entrañas al instante, dándole el impulso necesario para querer mandarse de borrachera hasta la madrugada del lunes. Al contar la décima cerveza, Álvaro opinó que había que ir a comprar una caja de cigarros, un litro de guaro e irse a tomar con Lucía, pobrecita mi gorda —le dijo—, está sola y es domingo, debe estar bien aburrida. Un remolino de rostros como círculos de humo fue lo que vio Lucas al salir con la mano puesta en el hombro de Álvaro y subirse al carro para ir a buscar las cosas. El centro, un domingo a las ocho de la noche, no pasaba de ser la imagen de la villa moderna, a esa hora sin un alma, llena de cortinas metálicas y perros, de policías que adornan una esquina igual que una pancarta en los dominios del feudo católico. En el parque un grupo de lunáticos disparaba pólvora sobre las almas que todavía deambulaban entre las palmeras y los poyos: una explosión que enciende la hojarasca seca y los chiflidos acompañados de insultos, de gente que corre y luego otra descarga que ilumina otro punto del parque. Un cielo invertido. No se enteró del momento en que el encantador de abejas bajó del carro y entró a la licorera, sorteando el tránsito de la calle principal. A los diez minutos estaba a unos cuantos pasos de su casa, sentado en la sala de doña Lucía, con un cigarro en la mano y un trago entre las piernas. Doña Lucía había puesto cara de mártir cuando los vio llegar, lo puteó de nuevo: por el despiche que hiciste en la tarde, pedazo de hijueputa... Luego trajo limón y sirvió los tragos. Los pies del encantador de abejas estaban hinchados y reposaban en uno de los sillones. Un cigarro acariciaba con su humo

41

la rocosa extensión de sus cachetes. Pasada una hora, el equipo de sonido escupía rancheras que llegaban a todo el barrio: Lucía bailaba en medio de la sala riendo como una loca, cantando las canciones dentro de su borrachera nostálgica que, más que nostálgica, en realidad, tenía ecos de tragedia. Álvaro estaba completamente noqueado y Lucas, consciente de su situación crítica, buscó la salida. Una vez en la acera, recordando que había dejado atrás las aventuras con Moreira, comenzó el peregrinaje hacia la puerta de su casa. Tocó una vez, tímidamente, pero la puerta se abrió con rabia, rabia que venía del brazo de Julita que estaba esperándolo, según dijo, desde hacía horas. El reloj, flagelo perenne, marcaba las dos de la mañana. ¿En qué momento? El tiempo del alcohol es otro, disímil e inhumano. Sabía que le estaba gritando a su madre y que ella le estaba gritando a él, el ardor en la cara era por el manazo que ella le había dado cuando entró. Subió las escaleras, casi arrastrándose, en la cocina se quedó ella, apartando bruscamente los platos y las naranjas, buscando la cuarta de whisky que escondía siempre para sobrellevar estos episodios. Melodramático todo —pensó Lucas cuando abrió la puerta de su cuarto. Se desnudó con dificultad. No llegó a la cama: un par de brazos lo tomaron por la espalda, los labios ásperos empezaron a bajar por ella, solo susurraron la palabra *tranquilo* y se dejó caer en la cama, apretando los labios cuando sintió el fuego de la penetración.

Los pasos de Moreira se detuvieron frente a la iglesia. En el parque quedaban todavía resabios de cuerpos insomnes y la noche parecía apagarse, finalmente, para dar la bienvenida al tedio de los madrugadores. Caminó dos cuadras más en dirección al cementerio, dejando atrás el mercado y el viejo edificio del Liceo, casi una ruina. Sin pensarlo mucho, se dejó absorber por la mano de un barquero neblinoso, de una desesperación con forma de transporte que iba abriéndole paso en la desolación de la última madrugada. Se metió al cementerio por un hueco en el muro: esta vez no lo atravesaría para tomar el camino hacia el lugar en que había estado con Lucas intentando decirle lo que se le presentaba como indecible. Y eso indecible era esencialmente un silencio que reposaba en el ojo de un pez, que nunca podría ser tomado, descifrado. Pero Lucas, impulsivo, había tomado la ruta de la evasión. ¿O más bien él estaba buscando el túnel para evadir la mano del barquero? Se quedó en la encrucijada central del cementerio. El barquero dejó el remo junto a un ángel sin lanza, apoyando su fantasmagórica silueta en una cruz simple y anónima, su mano fue entonces la mano que del abrigo de Moreira extrajo el revólver.

El disparo fue limpio, fiel a su destino.

Masturbación lírica

Una boca, una fresa tejida en el labio inferior, una aguja que se aleja de la fresa y del labio. Luces amarillas, un cordón de luces amarillas que en el marco de la ventana forma un cuadrado que estático avanza. Azoteas, calles, balcones perdidos en el cuadrado móvil del cordón luminoso. A unos pasos de la ventana, bajo el labio con la fresa, la cama extiende su lengua blanca mojando la espalda de Mercurio. Su cara todavía increada no sueña facciones. Sus manos, invocando el trayecto de la aguja con la fresa, de la carne perforada por la aguja, buscan oscuros túneles en su abdomen, en sus muslos; y en el íntimo espejo que imagina, imagina también a otro Mercurio con su misma lengua, bajo el mismo labio fresa tejida, que su fresa en la boca, la boca que sabe a fresa, no de seda, de carne y roja, le recorre las piernas, las manos, el débil gemido que todavía hiere su propia sonrisa, ya demasiado amarga, nada suya.

Detrás de la cámara, como en un campo de fuerza, lejos de su propia excitación al ver el cuerpo que en la cama se retuerce, Solitaria maneja la imagen que se vuelve maleable, como de plastilina. Mercurio, llevando sus ojos al ábside, a la cópula invisible, a su fragmentación en dedos y confites que recuerdan la boca del cuadro con su fruta de piel roja,

44

acepta la ofrenda del atardecer y su descomposición en atareados burócratas que infelices buscan las puertas de los buses y el amarillo de los semáforos, riesgo y desmesura cifrados en ese ojo ciego, casto. Cansadas las figuras más allá de la ventana con bombillos, por las aceras que lo ignoran, que ignoran su búsqueda a través de su mano que ya no es suya sino de la imagen contorsionista que lo devuelve a su dimensión más inexistente. El Mercurio que en el espejo se configura, lejos de la cama, solo en él, habitándolo, se chupa el labio inferior y extiende su mano para unirla con la de Mercurio justo en la base del obelisco en que se enfoca el lente y el iris de Solitaria y de Leo y de Patricia Corazón.

Algo susurra Corazón al oído de Leo. Algo indica Solitaria mientras se desplaza con la cámara buscando el amparo del fluorescente. Mercurio, con dos dedos adentro, lombrices moviéndose en tierra húmeda, invoca el recuerdo del pene de Lucas, de su glande claro y conocido, su calor formidable y acuoso como de ámbar derretido, como de sombra, de niebla que se ausenta en la respiración. Pero Lucas no acude, no se digna a ser él en medio del derroche de piel y de sudor que ya derrite el cuadro del labio-fresa. Solitaria guiña un ojo a Leo. La mercancía es buena, sin duda, sin duda es provechoso este culo que no se arredra ante los ariscos cervatillos del miedo, que más bien, fresco como lechuga, se abre magistral, casi como vagina en parto, a los ojos que lo penetran y lo cuecen en sus lágrimas doradas de emoción. Emoción de Patricia —la gordita— Corazón y de Leo, la loba eurítmica, que aplauden en silencio para no interrumpir el éxtasis, el frenesí de espuma caliente que ya empapa los primeros vellos y asciende hasta las proximidades onfálicas. Lucas eyacula en la boca de Mercurio: la parábola descrita por el semen en el aire pone su término en el labio inferior, la fresa del cuadro se achica, no hay nada que envidiar. Los bombillos siguen girando, ya enmarcan la noche, el asfalto que exuda mercurios.

Solitaria apaga la cámara y le tira un paño sobre el abdomen. Lo cierto es que la diva planetaria está rendida entre dos almohadas de pluma de ganso, jadeando como perra trotadora. A un gesto de su mano desaparecen las atrevidas mironas entre risas y fanfarrias que van a dar a la escalera del edificio. Solitaria le ofrece un cigarro ahora que están solas, ahora que puede decirle que le interesa, que sí, que tal vez, que si habla, que tendrá que esperar pero de seguro sí, porque ella, ni modo. Me voy a bañar: dice la reina de la fresa y los bombillos envolviendo su derretido asteroide que todavía chorrea y sufre.

Abajo, Patricia Corazón se impacienta pues el reloj está indicando casi las siete y nada que se come desde la una. Leo también resiente el retraso, se le tuercen las tripas en un caracol. Afuera la noche invita a un plato de cantonés chino, una pechuga de bombillo, una cerveza con chicharrón, un trago, una juerga. Solitaria aparece sonriente en la escalera, abrazando la cámara como quien abraza su alma para que no se le vaya detrás de los perros del inframundo. Les dice que Mercurio se está bañando, que habrá que esperarlo un toque y luego se van. Podrían ir por unas cervezas y algo sencillo para celebrar la inauguración de esa belleza.

En realidad el espejo desmiente toda belleza. El placer que sobre su cuerpo construía catedrales parece haberlo dejado para siempre, desnudo, gran costillar helado, en este baño desconocido que quién sabe cuántos otros cuerpos ha despojado de su placer. Ensaya su nombre en el espejo nuboso, lo escribe, letra por letra, buscando el garabato perfecto, la sensación de ser de nuevo Lucas. Ahí está su ojo, sigue siendo color miel, sigue mirándolo como esa mañana. El sueño no se ha ido: ha incrementado su fuerza, el cuerpo resiente su peso, su explosión de hace unos minutos. Dobla el paño y lo echa en el bolso para apresurarse a salir. Su presencia se está convirtiendo, a partir de ahora, en la presencia de él. Como si lo buscara en un sueño que no anestesia ni los ojos ni las manos. Como si a partir de ahora, sin consultarle, sin haberle previamente avisado para preparar sus sentidos, ya estuviera soldado a él. Pero es lejano como el agua que escapó por la rejilla, como el sol de esa mañana, como el sueño de los niños. Es lejano como el olor de Carlos: por Dios, Carlos, nunca pensé que fuera a necesitar tanto de vos, tanto. Abre la puerta del baño y se encuentra con la habitación vacía, con el cuadro ridículo de la boca sobre la cama y los bombillos como de cartel de circo en su caminata rectangular sin pausas. Y saber que sobre esas mismas sábanas sudaron quién sabe cuántos más, pero eso no es lo que importa —sale del cuarto y busca la puerta que da al pasillo. A pesar de lo viejo del edificio, de su aspecto poco agradable a la vista, Solitaria sabe ordenar sus cosas, disponer el trabajo junto a su vida, lo real y lo irreal, claro, lo que realmente importa es que hoy, como una célula, ya no...

Por la mañana, después de encontrar a Leo en el Morazán, caminaron hacia el norte, dos cuadras, encontrándose con Patricia Corazón que de lejos parecía una oruga fumando sobre un hongo giratorio, lewiscarrolliana. Una amapola de plástico saludaba desde su moño, lejos del humo del cigarro que tocó las mejillas de Leo en un abrazo de osamenta y pechuga. Esta es la que viene a probarse, dijo la loba, dirigiéndose a Lucas que, con las manos juntas en un gesto nervioso, sonrió como no solía hacerlo. Patricia se presentó como Patricia, Patricia Corazón. Su voz armoniosa, su hermosura exuberante que despedía un olor a frutas cítricas y a tabaco impregnado en la pleura lo animó a darle un abrazo que se demoró en la contemplación de su olor y la degustación suave de sus carnosas tetas. Al separarse de ella todo se nubló, claro, ¡mierda, Lucas! ¡Craso error! Abrazar a alguien desconocido de esa forma en que lo harías con Carlos, con Julita, con Leo. La cara de Patricia era una máscara de piedra, un nubarrón congestionado que a medida que caminaban hacia el edificio donde vivía Solitaria se fue acercando de nuevo a los vivos colores de la amapola y la gracia fresca del limón o la mandarina. El edificio tenía cuatro pisos y plantas creciendo entre grietas, palomas picando en los alféizares: entraron y subieron al segundo. Lucas se sorprendió de lo grande que era por dentro: un patio interior que, aunque descuidado, daba la grata sensación de discontinuidad del concreto, invitaba a acercarse y fumar o conversar en él desfigurándose. Los toques de la mano de Corazón fueron atendidos por una mujer flaca, morena, de pelo crespísimo y risa fácil que con grandes aspavientos los hizo pasar y tomar asiento en un sillón de madera con cojines de rombos embebidos en círculos. Patricia les dijo que esperaran mientras acomodaban todo y se retiró detrás de la lagartija.

—Perra, no tengo nombre, no pude llegar a un nombre que me gustara, no pude. Todas las posibles formas de inutilidad se interpusieron entre yo y mi yo por venir, mi yo a la espera, a la espera de la puerta que ya se ha abierto. ¿Cómo lo llamo? Ni idea porque, perra, no tengo nombre.

La angustia de Lucas se apoderó de la paciencia que sobre Leo hacía su nido, obligándola a iniciar una pequeña perorata en busca de la denominación de la futura estrella. Encendió un cigarro y le ofreció uno a la Angustiada que lo rechazó señalando su figura pronta a la debacle:

—A ver, mi amor, sinceramente yo no creo que haya problema alguno porque no vengás hoy con nombre. Digo, no es que inmediatamente venís, te graban haciéndote un sobo y boom, la diva sale con brete hasta por las orejas. No, no. Hoy es una pruebita, no importa eso del nombre así que dejate de dramas... Ahora, de que tenemos que ir buscando uno para lo que sea que se venga, tenemos que hacerlo. Ahí sí estamos de acuerdo.

—Pero, mae, ¿qué sentido tiene tragarme toda la emoción que sentí hoy solamente por venir a decir un nombre que no era el mío? ¿Vos alguna vez has sentido esa adrenalina de poder decir un nombre que no es el tuyo y solamente con eso sentir que te borrás completamente?

—¿Qué parte de que todos los días me estoy intentando borrar no entendés? Y no lo digo solamente por ser una travesti a la que la obligan a decir cuerpo y no cuerpa, no lo digo solamente por mi condición que brilla diaspórica, sino por algo más sencillo que es justamente lo que vos me hacés entrever: la oportunidad de vivir siendo lo que no se supone que seamos. Empezando por un nombre.

—No te entiendo —dijo Lucas exigiendo, ahora sí, un cigarro—. Me decís primero que el nombre no es importante y ahora me decís que el nombre es casi la puerta por la que se escapan las manadas rebeldes hacia una nueva planicie.

—Lucas, Lucas. ¿No captás que aquí el único conflicto parece ser temporal? El nombre no tiene que ser para hoy, ni ellas se lo creen, ni ellas que fueron, alguna de las dos, no sé cuál, las que te dijeron que era indispensable que vinieras con un nombre como una cruz, como una camiseta o un recuerdo. Necesito que te saqués de la cabeza la idea que te angustia: ¿por qué te angustia no llegar al nombre justo ahora? —Leo se levantó del sillón, pensativa y fumando, fiera encarcelada y titubeante—. De verdad creo que estás sobredimensionando las cosas, loca.

—Leo, amor, no sé si no me entendés por cuestiones de que no sé expresarme o solamente porque no te da la gana o porque sos estúpida de verdad. Quiero un nombre, no quiero venir y decirles, hola, soy Lucas.

—Ya Patricia sabe que sos Lucas, o sea...

—¿Y qué? No importa eso. ¿Creés que el que está aquí frente a vos y el que va a ir a ponerse de cuatro allá adentro va a ser el mismo? Perra, no solamente va a cambiar una palabra, no solamente va a cambiar la forma en que se refieren a mí, no, tiene que cambiar todo, tiene que cambiar la manera en que me muevo a través de un cuarto y cómo miro y cómo siento y cómo después vuelvo a sentir lo mismo que sentía antes. Es como si me estuviera alejando de mí con el riesgo de no volver a acercarme a mí. El primer paso para ese alejamiento, para ese desconcierto de sí, debería ser el nombre, el puto nombre que no tengo.

Pensó en la manera en que él mismo se refería a él. Los constantes sobrenombres que mientras atravesaba algo parecido a un delirium iban sucediéndose como el chorro de imágenes o situaciones absurdas que configuraban sus sueños. Eran muchos y a veces tenían formas o voces. Un relámpago le alumbraba una palabra y de la palabra salía un nombre, un grito, un espejeo mínimo que lo interpelaba. Leo estaba pensativa, seguía cavilando como asintiendo sin asentir, como dando la razón sin querer, como apaciguando su fiera anarca. Lucas había aceptado el silencio como forma de búsqueda, como algo efectivo. Tal vez ahí en la palabra que a medias se asomaba, tal vez diera con el nombre: si el nombre iba a ser la puerta de ingreso a lo que se aproximaba, de ninguna manera podía ser arbitrario o idiota. Era importante dar con algo de peso, la palabra hacedora y mutante.

—A veces se me ocurre eso de que el nombre en realidad es un arma bastante filosa...

—Ojalá pudiera volar y cortar cabezas, Leo. Ojalá.

—En ese sentido no se trata de acomodar un bloquecito sobre otro hasta formar un todo uniforme. Uniforme que es sin filo.

—No ruedan cabezas ni hay despojo ni hay alejamiento.

—Habría que sentarse y pensar y pensar si verdaderamente un nombre va más allá de todo.

—Tal vez nos estemos complicando demasiado.

—Tal vez.

Como si una montaña de metales se disolviera frente a sus ojos en un sueño reciente y dominado por la lluvia hedionda de un mundo caduco, el sonido de los cristales con el metal y del metal en su solidez desvaneciéndose como hielo sobre una plancha caliente. La luz sobre el metal desvanecido era un inmenso destello blanco que ahuyentaba los ojos que sobre él se posaban y, en ese sueño, sus ojos no tenían párpados y su cuerpo inmóvil no podía rehusar aquella visión de luz y sólido metal cediendo ante la lluvia. Todo el metal iba sellando las grietas del suelo. Inmóvil, se resignó a la muerte. El metal ya le tocaba los pies como una lengua helada.

—Me gustaría cortar delicadamente, perra —dijo Lucas con una sonrisa en el rostro, como si finalmente estuviera seguro de haber llegado a un acuerdo consigo mismo y lo que buscaba.

—¿Qué?

Pero era, al final, un apacible río que había visitado muchas veces con Carlos y Julita. El agua del río era ese montículo metálico que con ruido de terremoto había decaído y lo había asustado por un momento largo. Ahora estaba en esa otra eternidad en que el río podía bañarlos mientras seguían siendo ridículamente felices. Era una felicidad atroz, indecente, inconcebible. El agua metálica, el flujo inminente de la desgracia que no acaba. Miró a Leo a los ojos y le dijo su nombre y entonces todo estuvo listo para que Lucas ingresara al ojo de la cámara. Avanzaron hasta uno de los dos cuartos del departamento, el que estaba más alejado del sillón: fluorescentes, sombrillas, un cuadro de una boca fucsia con una fresa adherida, bombillos titilantes y móviles pegados al marco de la ventana, almohadas de pluma sobre una gran cama que esperaba por Mercurio. Leo lo presentó y la ropa debía desaparecer lentamente frente a las espectadoras.

Te veo. Sí. Sos como una polilla que rodea un fluorescente, como una mueca hecha a través de un vidrio que se empaña. Ahí estuviste siempre y no sé exactamente por qué hasta ahora te veo. Mis manos, mis piernas, mis labios. Extendés las alas para venir a mí pero no, hoy no, por favor. No alcanza el tiempo, no alcanza el punto de fuga, las horas de sueño. Alguien grita detrás de vos, detrás de mí. ¡Esperate un momento, idiota! Te dicen. Me dicen. Pero no, no voltear, no ver la voz, la boca de la voz. Tenés que darme la mano o nos vamos a quedar para siempre varados en esta oscuridad de mierda. Sin sentirnos... sí, yo sé... yo sé... dije que hoy no, que no vinieras, que no quería sentir el dulce aletear de tus delicadas alas. Sé que te abandoné ayer, hace años, muchos. Lo sé. Pero es mejor que me des la mano ahora, ya luego nos volveremos a separar: yo en una calle, paralelo a vos, viéndote de reojo, sorteando carros, mirando sonrisas que nos ponen de buen humor; oleremos un café, yo en una mesa de plástico verde cubierta con un mantel estampado de pastoras diminutas y vos en una mesa de concreto, sin mantel, pero rodeado de una frescura que me contagiás como una infección vírica... Mi mano y tu mano son como un tumor cuando se juntan. Fuertes, tan fuertes. Por aquí, en esta esquina y luego doscientos metros hacia el sur y de nuevo oeste. Creo que cien, ¿o no eran cien? ¿Qué decís? ¿Doscientos, dos kilómetros?... Jamás un taxi, jamás. Ojos que nos siguen, lo sabés. Como si supieran que se nos ha escapado la belleza con un espejo quebrado, tomada de la mano con un duende de orejas estridentes que supo engañarla prometiéndole nuevos campos de naranjos, nuevas mandarinas, cero inviernos, cero cuchillas. ¿Y si nunca más vemos su cara?... ¿Has pensando que esa es una posibilidad, por más espantosa que parezca?... oíste esos pasos también, lo sé. Detrás de nosotros no hay solo edificios, no hay solo perros, no hay solo taxis navegando la noche. Yo también te vi, o siempre te había visto. Ay, ya, no tenés que ser tan paranoico, ¿quién nos va a seguir?... si yo era la polilla que rodeaba la luz, el sol fijo del techo del cuarto, vos eras mi sombra, esa anamorfosis de la polilla: el dragón de sombra y polvo, negador de la luz. No me hagás esa cara de impacto... hoy recordé cuánto te gusta fumar a pesar de que estés convencido de que debés dejarlo. Ahí también sos un paranoico, te encontrás tumores antes de tiempo, tenés que ser más condescendiente con la muerte: tiene muchísimo trabajo y no puede venir a llevarte cuando a vos se te pegue la gana... ¿un cigarro?, sí, entonces te decía que te amo como se ama al mejor de los perros, a la mejor de las rosas que nos alegran el día desde el marco de una ventana... aquí, al este... dijiste al este, al este, lo recuerdo perfectamente. Dos kilómetros norte, cien metros este... de todas formas vamos a lograr lo que nos propusimos esta mañana, y a propósito de esta mañana quiero decirte que me gusta bastante el lugar en que estamos quedándonos, es cierto que los vecinos están algo locos y otros algo defor- mes pero no importa, el lugar parece tranquilo. Mar apaci- ble, islita con palmera de plástico y sol de helio. Es curiosa la forma que la luz proyecta en ese muro: somos una hidra bastante bella... te amo, ¿sabés?... adoro estar con vos revol- cándome cuando me da la gana. ¿Por qué no me violás? Aquí, ya, sin piedad. ¿O esperamos a que venga Carlos con su espada a cortar los excesos de la hidra?... decí lo que querás, pero el hombre de tu vida es tu hermano, la única fuente que de verdad te gusta beber entera es la de la leche de tu hermano, ¡Suficiente! Estamos por llegar y tenemos que comportarnos como lo planeamos, sabés que un fallo, por mínimo que sea, nos va a llevar a la cloaca y no habrá más lenguas para vos, ni más bellos para vos, ni más nada para vos, ni más carne que ceda ante vos... se te olvidó que vinimos a recuperarla, o a recuperarla en parte porque no podemos quedarnos así, con un pedazo menos. Si somos hidra, somos una mala hidra, porque no nos salieron tres cabezas más a partir de la que se nos escapó. Y creo que la que se esfumó era la más importante de todas, Jamás, si fuera la más importante no estaríamos aquí como si nada, pensando, pensando, esperando, entreviendo, jugando, la luna, las calles, la poquita niebla, el frío, todo, Es imposible, Esa esquina me gusta, ¿Por qué? Ya habíamos acordado una esquina, ya sabíamos lo que íbamos a hacer, sabés que el ojo no se equivoca, él siempre está ahí, siempre, nosotros vamos por él, lo convertimos en arena complacida, en cama de oro, lo vemos soñar en nuestros pastizales negros y gruesos y después de nuevo a la isla con sol de helio y palmerita de plástico y kenes de ojos vacíos y entrepiernas capadas... aquí nos quedamos, encendé otro cigarro, tengo miedo, mucho miedo... Tomá, no sé por qué ahora solo fumás esto que no sabe a nada, ¿Te parece? No tengo plata ahorita, por eso los compro... lo peor de todo es que me recuerdan a un tipo con el que anduve y al que solo pude sacarle una migaja (¡ponete alerta, no vaya a ser que nos agarre la ley o que se nos escabulla el ciervo!)... sí, bueno, el tipo fumaba de estos, su boca sabía exactamente igual y curiosamente me gustaba, ¿Y qué?, Cómo, ¿y qué?, pues nada, todo a la mierda como siempre, por eso no soporto esta caja... es curioso que la gente que te dice que le teme al olvido con todas sus fuerzas es la primera en entregarse a él con los brazos abiertos, como si alguien caminara sin paraguas bajo un diluvio hasta deshacerse, No estoy para putadas

55

nostálgicas ahora, lo juro, mejor, como decís, pongámonos alerta, no vaya a ser que todo se nos acabe en un puro balbuceo, ¿dónde echamos lo más importante?, Aquí lo traigo en el abrigo, es una salvada haber conseguido este grande, un edificio no parece ser un edificio en una situación como esta, con sus ventanas que más que ventanas son ojos y más que ojos son bocas y aúllan y gritan y me delatan con cada escoria que todavía no se digna a enrolarse en el ejército del sueño, bajo la tierra, oruga de sal, trampa de manos: mi mano sostiene este cigarro como se sostiene a la vida con dos palillos de dientes, vela sobre una llama y el llanto de parafina que está dibujando un nombre sobre la madera de una mesa. Pero entonces llegué al fin a mi meta. Siendo este camaleón en los cables, abrazándome a cada ojo del tendido eléctrico: y es que para qué vamos a negarlo, todo aquí es puro ojo, pura vista. Estoy seguro de que saldrá del bar que está a media cuadra porque así lo ha hecho todas las noches atrás, así lo he visto, tambaleándose, estampa triste y delgada que va dejando una estela de alcohol. Si tan solo las nubes no tuvieran hoy la boca abierta, impactadas ante mí, entonces las vería con agrado, no me esforzaría en enterrar los ojos, estos míos, que nadie, lo juro por mí, por esto que soy, me va a poder quitar nunca. Oruga de sal nunca, nunca. Me quedo sin respirar por unos segundos: dos tipos vienen hacia mí con un gesto que la oscuridad no me deja siquiera entrever, no son fornidos pero eso es lo de menos en estos casos, me miran fijo como el edificio que no tiene vidrios. El letrero de un hotel parpadea en el arrastre incontenible de una bolsa. Su olor es el olor de la oxidación, un olor de sábanas sucias, de axilas sudadas. Pasan a mi lado y me miran de reojo, inquisitivos, odiándome descomunalmente: en sus cabezas soy un cuerpo destazado y ellos en la mía son un cuerpo desnudo que se tiende sobre mí, me excito en su odio, palidezco en su mirada que me fulmina y deseo como pocas cosas en toda la noche ser yo quien lave sus cuerpos, quien amanezca molido entre sangre y semen y saliva... me dejan atrás y se meten en el bar. Enciendo otro cigarro y miro la hora. Casi la hora pactada, casi. Quinientos metros delante de mí, empiezan a cerrarse todas las ventanas que son como decir ojos que son como bocas, no hay nada. No hay nada excepto el frío y el humo, el miedo, la excitación, el sudor que me corre desde las sienes hasta la nuca: ahí está, por fin afuera del bar, mirando hacia la izquierda y luego hacia la derecha, deteniéndose —siempre lo hace— en cada oquedad del paisaje. Espero a que empiece su caminata de rigor, su entusiasta peregrinación hasta la cama. Avanza como una espiga que mueve el viento, mirando hacia arriba, no a mí, yo soy invisible, de humo, luciérnaga que alza vuelo. No estoy seguro de que sea lo mejor pero al menos lo estamos intentando, ¿Qué?, Esto de buscarnos, nunca te has puesto a pensar que para encontrarse a uno son necesarios los otros, Pero vos sos otro y yo soy otro y somos solo este, Ya, no hagás ruido que se acerca, se acerca y de hoy no pasa, no quiero que se escape, Cuidado, no se ve en muy buenas condiciones, ¿estás seguro de que te va a decir que sí? Es un machito urbano con el culo cosido, Exacto, eso mismo, yo quiero quitarle los hilos, Pero cómo...

Un muchacho delgado queda desnudo en medio de una habitación pequeña. En la cama otro fuma mientras lo mira: le pide que se voltee. Fuma con guantes negros, tiene los labios pintados de rojo y hace movimientos lentos que agradan al que está de pie. Recortes de periódico cubren una de las paredes en que también hay peluches colgados con chinches de colores, el viejo almanaque con imágenes costumbristas, sobre la mesita en que reposan algunos libros hay unas cuantas monedas que rodaron por el suelo cuando se desprendió del pantalón. Su pene es delgado pero con un glande robusto que va tomando un color pálido cuando la mano enguantada lo obliga a lubricar. El muchacho delgado tiene una foto en que aparece una señora de aspecto enfermo, de piel casi amarilla. El que fumaba sentado le pide que se ponga de cuatro patas en la cama y le abre las nalgas y empieza a chupar el ano como si estuviera besando una margarita.

Un muchacho delgado queda desnudo en medio de una habitación pequeña en la que no hay nadie más. En la cama ha dejado una mancha de sudor y una chinga de cigarro. Una mujer que parece estar a punto de morir de una enfermedad hepática lo mira desde su ictericia. Recoge un pato de peluche y lo pega, junto a otros peluches, en la pared, con un chinche rojo. Recortes del horóscopo de los periódicos forran una de las paredes. En el cuarto hay solamente una ventana por la que entra una brisa suave anunciando el furor de la mañana. Enciende un cigarro y se sienta en la cama, fuma con lentitud, casi con incomodidad. Apaga el cigarro en una taza de café del día anterior que dejó al lado de la cama y se desnuda. Unos minutos después eyacula copiosamente sobre sí mismo y la incomodidad lo embarga de nuevo: un viento más fuerte entra por la ventanilla, incluso parece colarse por la ranura bajo la puerta. Se levanta y busca la hendija que hay entre la puerta y su marco y cae de espaldas en el piso al ver que del otro lado un ojo lo espía.

...no sé por qué pero creo que se nos fue la mano con el amigo, Da igual, era eso lo que desde que el sol atravesó la cortina tenías en mente, Una condena, eso es, No es condena, sería condena si al hacerlo no existiera el menor placer, la menor huella de un prodigioso placer, pero métete la mano en el bóxer y verás que está repleto de dicha, de éxtasis, al fin está repleto como hace mucho tiempo no lo estaba: somos esponja, ¿sí?, si otros nos absorben el placer a través de los ojos nosotros lo recuperamos yendo hasta ellos, es fácil, bien fácil, Tengo miedo, ¿Miedo?, Se acabó todo para mí, Pero si apenas comienza, si apenas estamos besando la punta del iceberg, falta la gloria, falta toda la gloria, toda la belleza, entera, No te soporto, te juro que no te soporto, por más hermoso, por más fuerte, siento que no sirvo para ser residencia de nadie, Me encantó la escena que planeaste para el final, Por favor no, en serio, no quiero que sigás revoloteando alrededor de mi cabeza toda la noche, de verdad no quiero, de verdad, La cobardía se va a disipar y solo nos va a quedar la espuma del placer, ¿Pero es que no viste que...? ¡Magistral, hierático, digno de un dios pagano, de vos, de mí!

Si alguien diera *play* la escena comenzaría con un enfoque tambaleante del cuadro en que está el labio. Todo se actualiza en el ahora y la cámara se mueve sin profesionalismo, como si quien mira el video estuviera manejándola a su gusto. Fuera de sí, llevado a otro extremo en que ya no tiene potestad de nada, se limita a dibujar el mismo cuerpo que la cámara le va mostrando. Es un muchacho que puede rondar los veinte años, con el pelo largo pero amarrado en un moño alto. Su cuerpo no está marcado por el cincel del gimnasio, es un simple muchacho con ropa interior negra recostado en una suntuosa cama en la que reposan dos almohadas. Todo es blanco a excepción del cuadro. La carne del cuadro. A veces se filtran en el blanco espeso destellos de luz amarilla: es un juego infame entre luces antagónicas pues el cuerpo extendido sobre la cama pierde su naturalidad, su color pactado con el ojo, con las manos mismas que, invisibles, lo recorren desde otro espacio. Después de sonreír mirando a la cámara que está muy cerca de su rostro, el muchacho sonríe y responde un sí. La cámara se aleja, se escuchan los pasos de quien la lleva en sus manos. El cuerpo nunca se pierde, es la fuerza que imanta la carne viva y la virtualizada. Ahora usted puede ver cómo el muchacho se da vuelta en la cama y pone la cabeza en una de las almohadas, se desprende de la ropa interior y levanta el culo, abriéndose las nalgas, dejándolas por completo a disposición de la cámara y las indicaciones de quien la porta. Sus dedos son finos. Separan las nalgas en las que hay un poco de vello que desaparece alrededor del ano, no por completo. Los parpadeos amarillos acompañan el ritual de los dedos que habían sido humedecidos con saliva y ahora presionan el ano que, naturalmente, empieza a contraerse y abrirse mostrando una cavidad oscura en la que usted desearía meter sus dedos, su lengua, un dildo, su nariz, su clítoris, sus tetas: es un ano que no quiere —usted lo sabe— hacer distinciones de ningún tipo. La cámara lo deja para enfocarse en la cara del muchacho sobre la almohada: tiene los ojos entrecerrados y la boca abierta, gime un poco, respira agitadamente y parece degustar el pelo que lo cubre. La cámara retrocede. Usted ya se ha imantado y sabe que el olor que han atrapado sus dedos al deslizarse sobre los genitales es el mismo olor de las nalgas del muchacho. Visto así como está justo ahora, una toma en que solo se pueden ver los tres dedos que entran al ano y lo dilatan y esconde los testículos, es una niña indefensa, una mujer de pocas carnes que abre sus posibilidades; pero ahora usted ve cómo la cámara estaba desplegando sus artificios y el engaño se rompe para abrir todo el abanico de opciones: la bolsa de piel, más oscura que el resto, cae de nuevo. Usted respira hondo, siente el embate eléctrico del orgasmo que se aproxima. El muchacho se voltea, quedando boca arriba sobre las grandes almohadas de plumas, sonríe a la cámara y la voz indefinible que habla desde un plano exterior le pide que termine, ya es hora. Usted, entonces, retrasa el orgasmo, deja de mover sus dedos, respira hondo y pausado. El muchacho descorre la piel que abraza su glande, en la base del pene sus dedos la guardan. De la uretra emana una gota translúcida, viscosa, que con los dedos de la otra mano esparce: usted admite que las reglas del juego han cambiado y ahora le gustaría sentarse sobre el pene de ese ser andrógino que se masturba en medio de plumas y labios. Sus manos ansían subir por las piernas velludas, recorrer las ingles y buscar el hueco de antes y con la lengua sucumbir ante el paroxismo que en este momento lleva al muchacho al orgasmo: usted lo sabe, esa gota blanca es suya, tan solo suya. Tan solo.

El miedo apareció en el espejo rodeado de una luz blanca acentuada por los azulejos del baño. El espejo, dentro del baño, reflejaba el cuerpo de Lucas y parecía transformarlo en una silueta que sobre el mar se difumina o se rompe. Sus ojos estaban clavados en el cristal que ya lo iba adormeciendo, recordándole que pronto, a través del sueño, volvería al tiempo lejano en que todo era peligro, ciervo vulnerado de San Juan de la Cruz. El cuerpo desesperado busca una salida. Una fuga que se rodea de brazos informes, de silencios inmensos que no dejan de perseguirlo a medida que el agua acrecienta su espesura. Mugre que desde el fondo se levanta formando un vórtice que lo ahoga como una cuerda, como un par de manos que de su carne no pueden desprenderse, como la necesidad de decir un nombre que en medio del baño y el espejo se queda vacío: Lucas. Un dios que atraviesa una inmensa plaza de roca en la que nadie parece haber estado nunca. Sigue el sonido del agua que choca contra el suelo, que entre los dedos se empoza para diluirse. En el cielo no se aprecian estrellas de ningún tipo. Una luz tímida, una luna que tras las nubes deja su poder y sus cráteres. Sobre él la misma luz. Al otro lado de la plaza, donde se empieza a vislumbrar un mundo demasiado pequeño para su vuelo divino, unas manos que sobre un torso se pasean están llamándolo desesperadas, tallos marchitos sobre la tierra. Carlos se quedó mirando a Lucas bajo el agua que despedía humo. Se desnudó y entró, abrazándose al cuerpo inmóvil que soportaba el desasosiego. Cerró el tubo y le levantó la cabeza para besarlo mientras sus nalgas recibían, gozosas, los dedos de Lucas; tallos lánguidos que descansan en tierra húmeda y llaman desesperados al dios que en la noche atraviesa la plaza, que sobre la roca proyecta su sombra únicamente visible al ojo roto de la luna, espejo de eructos incineradores y cabellos de dama que se calcina. El agua vuelve a discurrir cuando la mano de Lucas gira la llave, esta vez buscando el punto más frío, la boca de Carlos empieza a succionar y lo obliga a dejarse caer contra la pared, mientras piensa en que este placer ya no es suyo sino de él, de Mercurio, que paseándose, sobrevolando noches enteras a través de plazas y campos de fruta, llega para tumbarlo en sí mismo, con el olor del gajo de mandarina y la piel de los limones. Lucas se deja atrapar entonces por el sinuoso planeta escindido, por él mismo, ese cuerpo que no descansa, que no se aburre en sus pequeñas dimensiones. El agua está fría, metálica como él, y se escapa dentro de la boca de Carlos que está recibiéndolo con furia, entregándose a su órbita, ya doblegado ante el vuelo a través de frutales en que se resguardan ninfas y bailes alrededor de fuegos azules. La cabeza de su hermano poco a poco desaparece en su carne, y al fondo, persistiendo, el espejo y la imagen, por siempre: Mercurio es un rostro sin maquillaje, porosa luna que sirve de asiento, que desde su cuerda móvil se queda mirando su reflejo preguntándose quién realmente puede reconocerse en sí mismo. Si la duda lo asalta invoca sus manos como fuga. Si Mercurio, horrorizado, se reconoce en el amor y en el brote de un aroma, basta con retroceder en el infinito y cruel espacio que su oscuridad no delimita: si aquí está, palpable, el amor, detrás, en el vacío, baila entre charcos la inconsciencia. El cuerpo ya no tan propio, nunca sentido, vapor calcinado que solo se deja recorrer.

Batiendo las manos inútilmente se liberó del sueño. Salió a la superficie enceguecedora de una mañana plomiza. Toda la noche había pasado dando vueltas de un lado a otro en la cama, limpiándose el sudor de la frente y haciendo caso omiso a las alarmas de Leo: tanto calor es porque ya, ya tiembla loca. Recordaba, además, haber sido asaltado por sueños elaboradísimos y largos, intemporales, fascinantes elucubraciones de su palacio oscuro. Se volteó y al otro lado del cuarto, en la otra cama, pudo distinguir el cuerpo desnudo de Leo. Se levantó a buscar la ropa que había dejado lista en el respaldar de la silla: debía tomar el bus de nueve de la mañana, bajar de él con una sonrisa en el rostro y atravesar el centro, atestado de caras por desgracia conocidas, tocar la puerta de la casa y evadir la pasa arrugada de Julita para subir las escaleras y hundirse de nuevo entre sus almohadas. La camisa gris, otra vez la camisa gris que traía puesta el lunes, cuando llegó. Estábamos jueves. Anoche había bajado a la pila y había lavado la camisa, con Leo vigilándolo, cigarro en la boca, diciéndole que lo había hecho bien y que las viejas habían quedado encantadas. Si seguís, ahorita no vas a tener que andar mendigándome plata, menos a tu mamá. Yo no le pido plata a mi mamá —le dijiste—. A tu hermano le pedís, que es lo mismo, así que cerrá la jeta.

El martes no había dormido con Leo. Tenía copia de las llaves y la desconfianza de los vecinos, gente muy parecida entre sí, casi invisible en esta armazón de lata y tuberías danzantes. Existía alguna razón extrañísima que les impedía desdoblarse por completo, como si al hacerlo estuvieran exponiéndose de forma mortal, quedando desvalidos ante la inclemencia del otro. Él nunca hablaba de sus travesías. Leo nunca hablaba de su vida, ser sin pasado, generado espontáneamente en el beso en la mejilla con que sellaron el pacto de conocerse.

Le pareció horrible la sensación de salir del baño sin haber dado con un espejo empotrado en la pared o un hermano dispuesto a desayunar con él. El ritual preciso del regreso empezaba una vez que tenía la ropa puesta y Leo daba sus primeras señales de vida entre pedos y gemidos de espanto por la rapidez con que la mañana se hacía presente.

—Pasame un cigarro. Si tenés café hecho, mejor.

—Acabo de aterrizar justo en tu cara. Como un zancudo que te despierta.

—El cigarro, puta, que ocupo el desayuno. Cordón umbilical, teta de Luperca.

—Ahora que decís teta —respondió Lucas sacando un cigarro de su abrigo—, otra vez soñé vulgaridades. No hay sueño mío en que no aparezcan por lo menos cuatro penes, cinco nalgas y un racimo de bananos.

—Esperate... esperate. Todo querés soñártelo en una sola dormida. Dejá un poquito para el ojo ajeno, para el deleite de las gaviotas sin rumbo. ¿Cuándo volvés por acá?

—Cuando vos me llamés para decirme que tengo un primer brete, que voy a poder sacarle el jugo a la poca carne que me queda en forma de nalgas y luego salir a cazar golondrinas desde Amón hasta San Pedro.

—Sí, diosito, en lo que canta un gallo o en lo que tarda en pronunciarse un mandato de Júpiter.

Pequeña educación sentimental

Al despertar encontró los ojos de Laura, rocas fijas en una corriente agitadísima. Antes de pronunciar una palabra o de que ella lo hiciera, intuyó que ya estaba bien entrada la mañana y Julita estaría histérica al ver que su cama había amanecido intacta, que una vez más había dormido fuera y fuera significaba piernas de Laura, la puta esa, Lucía, la gran puta esa que va a terminar por quitarme a Carlos en una de tantas y él, él que es un cagado y nada puede hacer para zafarse... Perdoname, Julia, pero ya tu hijo está bien güevón y si quisiera sale de donde está, además, es menor de edad y vos podés demandar a la Laura, para que se le quite la calentura, que se lleve un buen susto por asalta cunas —Julita miró a Lucía. Tan vieja, tan estriada como un músculo o una pasa, el pelo tan árido y tan grasoso, erizo de mar quebrantado por el sol, detenida en la puerta, cigarro humeante en la diestra, rostro compungido a punta de indignación. Ah, Lucía, Lucía, total estaba diciendo la verdad y vos lo sabías, Julita, era cuestión de llegar temprano a los tribunales y decir lo que estaba haciendo esa mujer, pero... Carlos, su cara, su piel, todo denotaba que ya no era el mismo, eso también lo sabías, también lo sabías porque te dolía igual o más que las palabras que la vieja esa acababa de decir en la

66

puerta de tu casa, sí, duele, porque Laura podrá irse, Laura podrá huir a las profundidades del mar pero Carlos es un no más y un punto. Un algo que perdió su forma delicada: perla que ante la mínima incursión se deforma. La vio tirar el cigarro. Esperar: No, no, yo no me meto en esos problemas, es peor. Imaginate, la gente hablando de uno y de todo. No. Que Dios me libre... El calor hacía de las suyas. Carlos sentía gran parte de su cuerpo empapado en sudor, sudor que la mano de Laura no tenía reparo en recoger con cierta gula. La mano abierta, las uñas largas, iba bajando desde el cuello hasta el ombligo haciendo que la carne se estremeciera a intervalos; la sonrisa de Laura no dejaba de acompañar el movimiento de su mano descubridora ni se ocupaba en atender al resplandor que atravesaba la translúcida cortina que iluminaba todo el cuarto.

El delgado cuerpo de Carlos se dejaba acariciar por las manos que lo habían traído hasta el límite de la desesperación y ahora solamente le provocaban la necesidad de una pronta huida. Debía abandonar aquel recinto al que había llegado, ahora podía decírselo sin tapujos, como respuesta a la ausencia de Lucas y sus secretos. Habían discutido antes de que tomara de nuevo el bus para San José y tardara toda una semana en volver, ¿de dónde sacás plata? ¿Dónde te quedás? Y solo había obtenido como respuesta una sonrisa cínica y un beso en la frente. Había huido a los brazos de Laura, brazos de los que ya más de una vez había renegado, de los que incluso había llegado a sentir asco. Tengo que irme, dijo cuando ya estaban besando de nuevo su miembro dormido y sucio, mi mamá debe estar preocupada y de seguro me va a matar, vos también deberías prepararte... Laura se levantó disgustada, preguntó que si por lo menos podrían desayunar juntos y Carlos, con sequedad, respondió que no, en serio debía irse.

Lo miró ponerse la ropa e intentar acomodarse el pelo frente al espejo. Para qué lo hacés si estás a unos pasos de tu puerta, de tu cama. El regreso de Carlos a su falda materna era más que eso, más que un regreso a la sangre y a la bolsa carnal de Julita, más que cobardía, más que un simple y llano rechazo a lo que siempre había parecido gustarle. Carlos dijo que tenía razón y se quedó mirándola con los ojos afilados, evidenciando que era la última vez que amanecía en su cama. ¿Qué? ¿Ya no te gusto? Porque si no te gusto no importa, sabés que no me importa siempre y cuando seás sincero. Entonces comprendió, Laura, que sus palabras habían abierto la puerta a una turbulenta certeza que tomó forma en la respuesta del muchacho, en ese no, no me gustás, no puedo seguir con esto, finjo, tengo que fingir: su cuerpo se fue secando ante las palabras, el agujero del placer estaba empezando a obstruirse de pura carne podrida, de puros nudos de recuerdos y pálidos temores que parecían contenidos en el ambiente desde hace mucho. No quiero que me odiés, te lo digo en serio, eso me dolería, te dijo el cagado de mierda mientras esperaba a que le abrieras la puerta y vos le repetiste justo eso: cagado de mierda, una y mil veces malagradecido, una y mil veces maldito, no me dejés pedazo de maricón, no podés dejarme ahora, no podés soplar este aire vidrioso sobre el pájaro latiente, flaco, hijo de perra, sos el peor ser humano que ha entrado en mi carne y en mi casa... pero no lo hablaste, lo pensaste mientras la puerta se cerró y los cristales de la ventana se estremecieron y de nuevo estabas sola, con el fantasma del muerto y los pelos de las perras y los cojines descuidados y todo, todo vuelto este cuadro de pura desolación.

—¿Usted la quiere?

—La quise. Si niego que la quise sería como estar negando una parte de mi cuerpo o de mi memoria. Su carne, como la tuya, me formó.

—La carne siempre enseña, sea como sea. Un beso es tanto una iniciación como una puerta de roble que se cierra, inamovible. Una mano que apresa ese beso apresa también el cuerpo del que se desprendió, como si una gota fuera una nube o toda la bóveda celeste.

Carlos se quedó en silencio después de esa última cavilación de Lucas, dejando que el frío de las latas del techo traspasara su camisa y le aliviara un poco el calor insoportable que esa noche se había desatado. Cuando tocó la puerta, por la mañana, Julita abrió casi de inmediato y contrario a las otras veces no dijo una sola palabra hasta que se sentaron a almorzar. Revolvía su plato de macarrones con desgano, como quien revuelve su propio estómago en busca del hambre desaparecida, hasta que le preguntó dónde había pasado la noche. Una pregunta irónica que Carlos supo percibir al instante como incisiva, el inicio de una confrontación que habría de extenderse por varias horas, de modo que sin más respondió que había estado con Laura, para qué me pregunta lo que ya sabe, estuve hablando con ella, tomamos un poco y ahora estoy acá, si no le avisé fue porque supuse que sabía dónde iba a estar. Empezó a enumerar la cantidad de muchachos que antes de él habían estado con Laura, sí, no los conocía a todos, había muchos a los que ni siquiera de lejos había visto nunca, pero el hecho era que todos habían pasado por ella, habían tenido algo con ella, su cama y su vagina habían sido visitadas por todos, ¿con cuántos creés que te acostaste? A ver, decime, ya que tan serio y tan gallito hablás del tema. La interrogó: ¿qué pretendía recordando esas cosas? Causarle asco, tal vez culpa o incluso miedo a tener alguna enfermedad. No. Era inútil ese esfuerzo por apelar a algún tipo de conciencia que prematuramente había muerto en él. Laura había sido de suma importancia en su vida, ella lo sabía, él lo sabía, sin Laura se hubiera quedado para siempre debajo de ella, sin cuestionar sus sentencias, sin atreverse a cuestionar el porqué de cada una. Julita empezó a sollozar, como era su costumbre, y trajo a colación la figura de Lucas, metiéndola como un puñal, removiendo la herida causada por una espina indeseable que formaba parte del mismo tallo en que ambos habitaban, no había forma de removerlo, no había forma de dejarlo de lado o pretender que lo que hiciera o dijera no los afectara, Lucas era como Laura, solo pensaban en ellos mismos y todo aquel que se les acercaba, todo aquel desdichado que con ellos se emparejaba iba a terminar deshecho, sin encontrarse nunca más en otra persona que no tuviera ese narcisismo, esa perversión a flor de piel que tanto hería y encantaba. De nuevo un no, una defensa tanto de Laura como de Lucas, Carlos sabía que no eran seres ocupados tan solo de sí mismos, de su entorno, claro que no, él sabía que Laura había llegado a quererlo y se había hecho las ilusiones más ingenuas en relación con ese idilio que mantenían, eso que al principio empezó como un secreto ridículo no tardó nada en ser develado frente a los ojos de todos. Ella lo quería, sí, mamá, ella me quiere y hoy lo comprobé en su reacción, hoy cuando le dije que no pretendía verla más... Palabras mágicas para Julita: sin pedirlo, sin haberlo siquiera insinuado, se hacía palpable su deseo más ferviente. Su hijo no tendría más encuentros con ella y no habría más noches solitarias preguntándose si estaba con ella realmente. La primera cucharada de pasta, como un cadáver diminuto y sangrante, entró en su boca. Complacida, sonriente, miró a Carlos en un gesto que no podía haber sido reprimido: va a ver que todo va a estar bien, no la necesita, Carlitos, esa mujer solamente lo confundió, le dio una visión de las cosas que es absolutamente tonta, el amor no es solo ir y acostarse con una persona como ella piensa. Pero no hay que culparla, yo me imagino que así ha sido toda la vida, incluso mientras estaba casada y pretendía ser otra, ocultar ese rostro que nos mostró a todos cuando se convirtió en un apetitoso anzuelo para los peces. ¿Y a vos quién te dijo que todo esto tenía que ver con el amor? Esa quimera es harina de otro costal. A vos, vieja entrometida, quién te vino a decir que necesitaba de tu compasión o de tu compañía, decime por qué venís a remover este fango si nunca supiste lo que fue una madrugada con ella, una mañana, o si nunca te has puesto a pensar en Lucas como algo más que un recuerdo que se hizo carne y deambula por el mundo, ¿por qué venís a decirme estas cosas? A restregarme tu alegría por la cara, tu sosiego al saber que nunca más la soledad será completa, que el fracaso será compartido, degustado por dos... tantas cosas en su cabeza que no fueron dichas por un acceso súbito de lástima hacia esa mujer extremadamente triste cuya vida, monótona y ciega, parecía complacerla en una sola ocasión y por unos instantes. Bajó las defensas, se resignó

71

y dijo que tal vez ella tenía razón, las cosas iban a cambiar, iban a ser de otra forma.

Pasó el resto de la tarde en su cuarto esperando escuchar el cerrojo de la puerta y los pasos de Lucas. Era sábado, por fuerza debía llegar hoy, por fuerza debía haber tomado el autobús, con un rollo de billetes en la bolsa. Vendría a Atenas. O mejor, vendría a él. Cada sábado, desde que había comenzado sus viajes a San José con el pretexto de estar asistiendo de nuevo a la universidad, traía un libro caro o extraño que comentaban entre ambos cuando su lectura había finalizado. No conocía a Leo, solo de oídas, de las historias que Lucas le contaba en el café, en la cama o en el techo, y sabía que era responsable de muchas de esas elecciones literarias: Leo no había dejado la universidad como sí lo hizo su hermano cuando empezaron los problemas con el alcohol y decidió que solo podía lidiar con uno de esos dos lastres y de los dos escogió la calle y la vida. Leo fue un poco más inteligente, pensaba Carlos, buscando uno de los cigarros que había escondido entre las camisas dobladas del clóset, aunque también había sido tocada por el veneno invisible del alacrán etílico no se había resignado a dejarlo todo por la tormentosa espuma de la botella y el limbo quebradizo de la noche. La Leo se la había jugado para volver a las aulas y volver a las calles con su activismo anarco que tanto chocaba con la presunta apoliticidad de Lucas. Pero eso, como el amor del que habló su madre, era harina de otro costal, labia para otro momento. Encendió el cigarro y sacó de inmediato la cabeza por el ventanuco, única abertura que había en su cuarto. ¿Qué haría si Lucas no llegaba hoy? ¿Estaba siendo terriblemente egoísta al pensar solamente en él, en la ausencia de Lucas, dejando de lado la angustia que Laura podría estar sintiendo en ese preciso momento? Sabía que volver a ver a Laura significaba sucumbir ante ese mismo sentimiento de lástima que había experimentado durante el almuerzo, sería derribar la entereza de aquella mujer que lo había iniciado no solo en las artes del cuerpo, sino de la vida. Habría nostalgia, pero solo eso. Los paseos en que se fugaba del colegio con ella al mediodía pasarían al ámbito de la imaginación, prácticamente, al igual que los primeros cortejos que se convirtieron sin mucha dificultad en descaradas insinuaciones en las que se encontraba el germen de esa dinámica casi perfecta que habían logrado a lo largo de sus varios encuentros. Exhaló y miró a Álvaro subir a su carro, borracho, vociferando contra Lucía que desde la sala de la casa le gritaba que se devolviera, que así no podía manejar. Era el espectáculo de todos los sábados calurosos, el encantador de abejas alcoholizado y su mujer, casi veinte años más vieja que él, gritándole mientras empinaba la quinta o sexta cerveza en el sofá. Parecía ser una caricatura de lo que le ofrecía la vida al lado de Laura, aunque la historia fuera más ridícula, menos llena de incidencias y desastres que la de Álvaro y Lucía. El carro arrancó y empezó a rodar, con las luces prendidas a pesar de la hora, hacia la esquina, lo vio desaparecer mientras las maldiciones de Lucía continuaban. Tiró el cigarro en la acera y volvió a consumirse en la cama. ¿Y si Lucas no llegaba hoy? ¿Verdaderamente se habían acabado sus encuentros con Laura?

Laura se veía preciosa el día que visitaron La Fortuna, con el volcán completamente despejado y sereno, como invitándolos a disfrutar desarraigados de la torpeza de lo que quedaba kilómetros atrás. Las manadas de gringos mostraban ejemplares interesantes al gusto de ambos. Mujeres con vestidos cortos y grandes mochilas, al igual que las que llevaban los hombres, con pantalonetas cortas y anteojos oscuros, fluyendo entre las tiendas de suvenires y el parque, fotografiando cualquier presunta anomalía o gesto de suma importancia. Laura y Carlos se sentaron a disfrutar de un granizado en uno de los poyos del parque, frente a la iglesia. Laura empezó a contarle que cuando su esposo aún vivía habían pasado muchas veces por ese parque y se habían sentado ahí mismo, justo donde ellos estaban, a comer uno de esos granizados. Al evocar esos recuerdos, bajo el ala del sombrero de pana, parecía estremecerse algo en su rostro, como una señal de que realmente había sentido algo profundo por aquel hombre ya ido. Carlos le tomaba la mano, esa mano que lucía algunas manchas y estaba tal vez un poco arrugada, la besaba con fuerza, como cada vez que recordaba al muerto, le sonreía y en su mirada, entrelazada complicidad, surgía el necesario deseo de la carne del otro. En esa ocasión habían pasado la noche en una cabaña acogedora, con una pequeña terraza que daba al volcán y una gran zona verde rodeándola. Laura había decidido que aquel viaje debía ser algo memorable, debía no solo impresionar a Carlos sino también a ella. Los preparativos comenzaron desde dos semanas atrás, cuando por primera vez él se liberó de Julita, con ayuda de Lucas, y pasó la noche en su casa: estaba nervioso, se le notaba en el temblor azaroso de las manos, en la lengua incapaz de pronunciar ciertas palabras y los gestos atropellados que rozaban en la absoluta torpeza. Le ofreció vino, lo miró beber el vino en el sofá sin atreverse siquiera a quitarse los zapatos: ¿por qué no querés ponerte cómodo?, le dijo ella acercándose, casi besándolo. Por Dios, Laura, tiene dieciséis y parece no entender el deseo que te carcome, parece no querer hacer caso a tus insinuaciones, solo quedarse ahí con su copa y sus ojos clavados en el televisor. Viéndolo en esa posición inerte en el sofá, se lo grabó de memoria: la nariz pronunciada, su pelo crespo y no muy largo, sus ojos claros y sus pómulos minados por un acné que empezaba a desaparecer, tremendamente delgado, en suma, un muchacho que estaba lejos de los cuerpos proporcionados y apetecibles que ya habían estado en su cama o acostados en ese mismo sofá, perdidos en la desnudez del placer. Pero Carlos tenía en su forma algo incomprensible, cierto misterio, cierta necesidad de dejar atrás esa imagen de hijo fracasado y estúpido: ¿querés otra copa?, le preguntó, acercándose más: Carlos, flaco, no tenés que estar tan callado, tan tenso, no es la primera vez que estamos juntos, él le respondió que sí, sabía que no era la primera vez que estaban solos pero era la primera vez que iba a tener sexo con ella: y vos como que me intimidás, con tu forma de ser, tus comentarios, no sé, dijo él. Laura soltó una carcajada mientras servía las copas y le pidió que por favor se quitara la ropa, que ya iba siendo hora de relajarse, y prometió, estirando su mano para ofrecer el vino, que no haría nada que él no estuviera dispuesto a llevar a cabo. Carlos se levantó, temeroso pero sonriendo, y empezó a quitarse la ropa, Laura siguió sosteniendo la copa mientras lo veía desnudarse: el cuerpo se le reveló extremadamente delgado, los hombros pecosos, casi puntiagudos, las manos del muchacho empezaron a desabrochar el pantalón, ya habían dejado de lado los zapatos, una pequeña maraña de vello púbico asomó cuando empezó a bajarlo, un vello incipiente, joven y ansioso como los ademanes de su dueño: quedó en ropa interior frente a ella, sonriéndole, estiró la mano y tomó la copa. Una erección incontenible hacía acto de presencia. Volvieron al sillón y entre bromas y sonrisas apuraron el vino. Invadido por el espíritu desinhibido de los griegos Carlos se animó a besar a Laura con pasión, entregándose en el acto mismo a la mujer que se ofrecía como una maestra y una compañera sin igual; apretó el cuerpo de ella contra el suyo percibiendo la gravidez de las tetas, el calor que ascendía desde las nalgas y adobaba, como a una suculenta porción de carne, los muslos carnosos que su mano ya invadía. Laura se desprendió de la bata que la cubría y quedó desnuda, de pie frente a Carlos que la miraba absorto, respirando profundo, excitado por el encuentro que ya había comenzado a agitar sus aspas. Se dejó quitar el resto de la ropa. Laura conoció el olor penetrante de su pene ya humedecido, cubierto por ese rugoso párpado que su lengua empezaba a apartar, dotándolo de luz. Cuando estuvo a punto de entrar en Laura, consciente de su torpeza, buscó su ayuda, como se busca el consejo o el amparo, y la obligó a que con sus manos harto sabias y delicadas introdujera su miembro dentro de esa carne que tanto lo ansiaba. A medida que la inundación de los insectos viscosos arreciaba entre sus piernas, Laura presionaba más y más la pelvis de Carlos contra la suya, obligándolo a arremeter con más fuerza, degustando el sudor que salado pasaba desde la punta de la nariz del muchacho a sus labios, sintiendo el revoloteo frenético que la iba jalando hacia el derrame absoluto como el anzuelo que al pez lleva a la muerte, y así, dejándose libre entre sábanas y piernas, llegó al éxtasis con una leve sensación de estarse metiendo en un territorio prohibido, ya desamparada por sí misma.

Lucas apareció en la esquina por la que minutos antes había desaparecido el carro de Álvaro, llevándolo a una barra de cantina, a un neumático sumido en grasa. Carlos no lo vio. Permanecía en la cama atendiendo la nada del cielorraso, los recuerdos insolentes que le remecían la imagen de Laura, las sensaciones que con Laura conoció y ahora, invadido por el asco, estaba dispuesto a olvidar como se olvida cualquier rostro pasajero. Había llovido un poco, demasiado poco, y el calor estaba haciendo de las suyas, trepando las paredes con sus brazos ameboides. La llave en el cerrojo provocó que volviera en sí, que se sentara en la cama, impaciente, casi desalentado. Su madre estaba dormida siempre a esa hora y la casa permanecía sumida en una oscuridad que amenazaba alterarse con la llegada de Lucas. Sus pasos hasta la escalera y sus pisadas subiendo y su olor que parecía montarse sobre los brazos del calor para llegarle como un bálsamo intranquilo, feroz destronador de su apacible flotar. Se tumbó en la cama, haciéndose el dormido, cuando escuchó que se aproximaba a la puerta de su cuarto, esperó que entrara, rogó al silencio, a la insistencia de las imágenes que tenía atravesadas en su córnea que caminara hasta su cama. No lo hizo. Percibió su figura en el pasillo y luego lo oyó penetrar en su cuarto y cerrar la puerta. ¿Vendría borracho? Sintió celos de un algo inconsistente, ¿de sí mismo? Pero qué me estás haciendo, destruida figura, reflejo depurado de lo que siempre he querido ser. Aquí me tenés rendido y obsoleto, destruido tan solo por tu presencia de hojalata, por saber que tu maldita verga a metros de mí se arruga contra la suavidad de la cama, y aquí yo, respirando hondo y preguntándome, dejando atrás la plata y los viajes y la envidia que los otros pudieron sentir de mí, del amante de la ruca esa que ahora me llora. ¿Y si no me llora? Sí me llora, me llora contra los almohadones y las paredes, contra el agua de la ducha y el espejo ese del baño en que tantas veces su aliento dibujó una nube placentera y sin bordes. Vení, vení, por favor. Lucas salió de nuevo al pasillo, desnudo y con un libro en la mano, sonriendo a la oscuridad. El ruego de Carlos se convirtió en un éxtasis ante la presencia que empezaba a sentirse, que tocó dos veces la puerta de su cuarto, tímidamente y, siempre protegido por la oscuridad, avanzó sin haber obtenido respuesta alguna. Cerró la puerta y la aseguró. Carlos esperaba ese aliento de hojalata, de tabaco impregnado en cada diente, cerró los ojos para dejar fluir las pisadas en la madera. La luz no se dignaría a aparecer hasta dentro de un par de horas en medio de las paredes de esa casa y en la oscuridad, como dentro de los anillos de una enorme serpiente, buscaría abrirse de par en par, derramarse dolorosamente como atravesado por espinas y sobre todo por un odio inmenso, un odio que solo tranquilizó la mano de Lucas que encontró su pantorrilla.

—Te traje otra novela para que le echés un ojo. Un ojo que me tuvo que quitar la cajera para cobrársela, así que no acepto impresiones negativas rotundas.

—Siempre me ha gustado lo que traés. Debo parecer el animal que siempre busca la misma presa y la misma presa le parece otra, siempre y para siempre, sin dejar nunca de creerla el mayor de los manjares.

Se quedaron en silencio unos minutos. Lucas acariciaba la pantorrilla de Carlos, quien ya había tomado la novela y la olía como era su costumbre, para luego afirmar que

78

era incomparable el olor de las páginas viejas, del pasado convertido en polvo, nebulosa o roca que se desprende. Moviendo su pie hasta tocar a su hermano descubrió que estaba desnudo y a punto de desbordarse, casi sobre él como una sombra desplazándose dentro del calor del cuarto. Minutos después Lucas lo amordazaba con la ropa interior recién removida, buscando aplacar todo símbolo audible de placer, en lo que otras manos devotas buscaban abarcar, sustraer y tragar. Ya se movía la ruda espina dentro de la carne rastreando la sangre, las vísceras, el ánima escondida entre la mierda que casi aparecía a la vuelta del túnel: sudaban ambos, la presión de las manos que casi asfixiaban, el dolor del mordisco, dientes clavándose en el hombro, y las lágrimas que conjugaban el canibalismo y el semen formando nubes, ascendiendo a los labios, a los ojos. Lucas se derramó dentro de su hermano y dejó caer la mordaza ensalivada. En el hombro me queda tu marca de bestia, de mofeta despreciable: y ahora soy yo quien te busca como se busca el agua, me limpio mis lágrimas para llegar a las tuyas, a tu dolor. Y te encuentro con la punta de la nariz, maldiciendo cada centímetro, cada segundo en que no gemís como yo, en que no llorás como yo. ¿Te gusta la forma de mi espina? ¿Te gusta la ilegalidad de esto, nuestra aberración anegada? La mudez aparente de las paredes y las escaleras, del sueño turbulento de Julita que en el piso de abajo soñaba con despertarse cara a cara con la muerte. Lucas abrió sus piernas y recibió a Carlos, sus contornos desfallecientes de placer. La espera acumulada a lo largo de los días, a lo largo de las cavilaciones en torno a Laura, se acababan para Carlos en el cuerpo de este ser camaleónico, a veces cruel, a veces todo mentira. Terminaron

79

rendidos en la desnudez y la noche que ya invadía los tejidos. Opinaron, después del último beso, que saldrían por la ventana del segundo piso que daba al techo y fue ahí donde Carlos relató todo lo referente a Laura y lo que esa misma tarde había acontecido. Hubo una preocupación en Lucas, que se movió de una manera harto sabia dentro de la conversación, cuando percibió que todos los movimientos sentimentales de Carlos estaban haciéndose en su nombre. Ya había hablado de la carne y cómo se iba entremetiendo hasta llegar a las espinosas laderas de los sentimientos, del fulgor amoroso que siempre lindaba con la muerte: ataviado perturbadoramente con la máscara de ese rostro liberado del acné que lo miraba, el amor increpaba a Lucas, se hacía visible, su monstruosa metamorfosis operaba hacia una desgracia absoluta e incontenible.

Yo no puedo darte lo que ella, yo no puedo permanecer varado en el puerto de tus piernas esperando a que todo pase, rogando por que no se forme una tormenta dentro de todo esto. Inconcebible ese ojo tuyo que lucha protegido por una máscara: quiere mirarme de cerca, quiere convertirse en una medusa y adherirse a mí para siempre, nunca dejarme, nunca más. Yo no puedo ser para vos lo que ella. Te miro dormir y me duelen los huesos y al amanecer sueño con tener el valor de ahogarte en el agua hirviente que se transformará en café. Y desayuno con tu carita de flor triste frente a mí. Sueño con arrancarme los ojos bajo el sol, nunca más verte, nunca más estar aquí en esta mesa y soñar con que te encuentro solo y contra tu voluntad te poseo y me susurrás que tenés tan solo unos cuantos años, casi nuevo entre mis brazos, casi nulo. Me maldigo, me maldigo millones de veces frente al espejo y me hundo un pedazo de ese mismo espejo en el pecho para ver correr un bracito de sangre como si dentro de mí se formara, cada día, un ser que con sus brazos moviera a la herida. Pruebo mi sangre, me consumo como se consume una raya, un cigarro, una flor, un día, una vida: ves, una perra vida con todas sus caras y todos sus atropellos. ¿Por qué no sangro como durante toda la vida ha sangrado mamá? Quiero sangrar, sueño con esa sangre que me envuelva y me sumerja. Sueño con parirte, que de mis tetas salga un pequeño campo de trigo que te vuelva fuerte como una espada de hierro. Pero no quiero verte aullar por mi ausencia, verte saltar de un lugar a otro entretenido solamente en mi recuerdo, por favor no aullés ahora, no me volvás una madre llorona, una vieja desvalida y arrinconada por las fieras que arrojó al mundo. Si yo te doy la luz y el beso que reanima, no quiero que me falte tu ausencia. En cada ausencia, más feroz, vendrá el invierno de no tener en las mañanas ese olor a saliva que queda en tu almohada, que queda en mi pecho, en mis brazos. ¡Por favor cerrá tu ojo que apesta! Yo no puedo ser lo que ella es, esa inmensa ballena que te espera enloquecida y milenaria. Yo te amo y te miro. Sueño que te rompo en mil pedazos y así, roto como un hombrecito de porcelana, puedo devorarte hasta sentirme lleno de tus elíxires. Pero la vida no se renueva cuando te absorbo, la vida huye detrás de la estela que va dejando tu mutilación. Te llamo solamente por un segundo, desesperada, ya tu madre, ya tu perra que te cela, y no acudís a mí, mi hueco se queda vacante, mi pájaro enfermo revolotea dentro de mi boca como un ideal vencido: ¿por qué castigarme con un amor desenfrenado? ¿Por qué devolverme la mutilación con un beso que reconstruye? Sigo mirando tus ojos tan profundos como mi hueco despreciable y me recrimino de nuevo estar tan limitada frente a vos y las circunstancias. Yo no soy ella, yo no soy esa gran masa danzante entre la lujuria y el desenfado, entre el odio y la cobija que todas las noches te protege. Fuera de esta tierra la muerte me cerca y me acribilla, me huele las plantas de los pies, su lengua áspera explora cada centímetro de mi alma y vos no podés estar conmigo. Fuera de esta tierra que tanto odiamos no existe más que el bostezo de una silueta rota: vos sobre el piso y yo recogiéndote con la lengua lacerada. Al final, mientras desayunamos, te llamo florecilla triste, hombrecito de porcelana. Te abrazo para alejarte cada vez más. Mi sangre no te recorre y la libero. Sueño con darte la muerte, liberarte de mí y las noches en vela. Una llama que se extingue no te invoca, mi voz tampoco, no soy ella, ni soy tu madre, no sangro, maldita sea, no sangro.

El desayuno del domingo estuvo salpicado de tensiones. Todas las cosas que no se dijeron ayudaron a profundizar el resentimiento que ya se aposentaba entre Julita y Lucas. Ella empezó a preguntar por sus constantes salidas, por el dinero que eventualmente ganaba y le permitía escaparse sin decir palabra alguna. Lucas no dijo que ese dinero provenía de constantes préstamos de Leo que esperaba poder pagar con creces apenas fuera aceptado para hacer sus primeros trabajos. Luego pensaría en una excusa, si es que se decidía a excusarse por una ausencia que ya no sería semanal, sino permanente. Estaba seguro de que obtendría un sí como respuesta, no cabía en su cabeza un no. Tenía la venia de Leo y de las dos viejas que lo habían llevado a grabar un video que no sabía exactamente para qué serviría en lo que se avecinaba.

Julita estaba llegando a los límites de su paciencia. Se sentía completamente imposibilitada para actuar sobre sus hijos, para intentar penetrar en sus mundos y traerlos de nuevo hacia ella. ¿Qué recursos utilizaría? Se sentía vencida y la noche anterior había descubierto que entre ellos existía una pulsión que iba más allá de lo fraternal. Dejó que ambos terminaran su café, sin haber podido hablar de nada que no condujera a respuestas cortantes o velados enfrentamientos, y se perdieran en la diminutez de la casa creyéndose anónimos, seres ignorados por aquello que los circundaba. Había escuchado a Lucas llegar la tarde anterior, casi oscureciendo, y se había puesto alerta ante cualquier movimiento dentro de la apacibilidad de la casa. Desconfiaba de él como se desconfía de los más acérrimos enemigos, por momentos se figuraba que lo mejor sería que lo mataran, que alguien tocara a la puerta una mañana y le dijera que su hijo estaba muerto esperando por la tumba. Habría tantos beneficios con la muerte de Lucas. Subió las escaleras, su pobre Carlos estaba inquieto: tenía rato de oírlo caminar en la pieza y había percibido el olor a cigarro. Él solo fumaba cuando estaba inquieto, cuando una espina caliente deambulaba a través de su piel. Los pasos de Carlos se disolvieron y ella se percibió monstruosa, estás deseándole la muerte a tu propio hijo, estás maldiciendo a tu propio hijo, estás renegando de tu propio hijo: se sentó en la cama pensando en subir para darle un abrazo aunque tuviera que hacerlo en contra de su voluntad. Se detuvo. Era demasiado evidente que sentía algún tipo de culpa, incluso de clemencia por ese ser que hacía mucho tiempo la había dejado morir en su soledad. Volvió a recostarse y al poco rato escuchó pisadas que terminaron en el cuarto de Carlos. Intentó dormirse de nuevo pero supo que sería imposible, una nube morbosa se había instalado sobre ella, estaba consumiendo su voluntad por completo y la impulsaba a salir del cuarto solamente para seguir más de cerca los movimientos que estaban perpetrando sus hijos en la pieza de arriba. Se puso las pantuflas y se acercó al pie de las escaleras, ya en ese momento Lucas besaba a Carlos, desnudos ambos sobre la cama. Julita empezó a comprenderlo todo de una forma violenta, la nube que la había llevado hasta ese punto pareció disiparse cuando el primer gemido áspero le llenó los oídos: se sentó en la grada y esperó a que los sonidos se encargaran de desmentir o confirmar. La culpa se había ido con la nube, disolviéndose en el horizonte vidrioso. Las manos crispadas tapando el rostro, ahogando el posible ruido de la violenta explosión, del inmenso odio hacia Lucas que ahora no cabía en la casa. Pensó en ir hasta la cocina y tomar un cuchillo para ser ella misma quien acabara con ese parásito de una vez por todas, sí, tenés que ser valiente para afrontar estas cosas, tenés que liberar a Carlos de estas ataduras infames. Se deleitó en la escena de la muerte de Lucas a través de su mano que sostenía el cuchillo: subía las escaleras cautelosamente, encontraba la puerta entreabierta, veía al demonio ese violando a Carlos sin piedad y en un momento extático hundía el cuchillo en su espalda y sentía el discurrir de la sangre como símbolo de la total y absoluta libertad. No quedaría nada de lo cual pudiera arrepentirse. Carlos le ayudaría a desaparecer el cuerpo y guardarían por siempre el secreto. No. Yo no. No lo iba a hacer. El placer era mutuo y el sonido lo atestiguaba, todo intento por disminuir el placer sonoro era contraproducente. El odio empezaba a convertirse en desengaño: estaba todavía sentada en la primera grada con las manos tapándole la boca, luchando contra sí misma por no empezar a llorar, por no hacer un escándalo que terminara en espectáculo para todos los vecinos. Lo mejor era volver a su cama y pensar bien las cosas y fingir todo el tiempo que no había sucedido nada, que no había sido poseída por la nube.

Ahora mientras terminaba su café se le había ocurrido que Laura era la única solución posible. Sería sencillo ir y presentarse en son de paz, sin dejar que relucieran sus intenciones, tal vez llevar algo, proponer un café, indagar en ella y sus posibilidades, ya no importaba si realmente quería a su hijo, lo que ahora era importante era que salvara a Carlos. Lo hizo al mediodía. Se aseguró de no ser vista por nadie al salir de su casa y emprendió, a paso rápido, el camino hasta la casa de Laura. Al girar en la esquina se topó con una desolación impensable en la casa de la viuda: tocó el timbre una, dos, tres veces sin obtener respuesta, ni siquiera el ladrido de alguno de los perros. Insistió otras tres veces ya sintiéndose ridícula y burlada. Sostenía en su mano un queque seco que había tomado de su propia alacena y ahora se convertía en un irrecusable símbolo de su estupidez. Definitivamente no había nadie en la casa y sus intenciones deberían demorarse un poco. No desistiría, no iba a doblarse frente a las asquerosas acciones de Lucas, acciones que contagiaban a Carlos de una forma para ella imposible ya de lavar, estaba todo adherido a ambos como una vergüenza enorme, inhumana, algo casi indescriptible que al no poder ser expiado de forma alguna debía simplemente padecerse.

Lucas la había visto entrar con el queque en la mano y guardarlo en la alacena con enojo. Había sacado la cuarta de whisky que siempre escondía en la cocina y se había metido dos tragos como si fuera agua. La notó tan inquieta que por un momento, ahí sumergido en el anonimato del espacio, quiso compadecerse. Retrocedió de nuevo hasta el anonimato y el odio, no dejándose vencer por ese repentino ataque que podía volverlo por completo vulnerable. Subió las escaleras y buscó la cama, donde esperó a que Julita saliera de nuevo rumbo al bingo con las vecinas.

—No sé si sea lo mejor, vos sabés que él compró esta casa para que termináramos viviendo en un lugar tranquilo y de algún modo yo quisiera respetarle eso... Por favor, Matilde, dejá de reírte de eso, claro que lo quise y eso vos lo sabés mejor que nadie —Laura acariciaba a uno de sus perros mientras se llenaba de incertidumbre frente a las cajas en que habría de empacar todas sus cosas. Debía abandonar este lugar para siempre, pues se había convertido de una forma insospechada en un hervidero de malos recuerdos y decepciones y sobre todo en una constante laja para rememorar la muerte—. Vino antes la mamá y estuvo un rato tocando el timbre y llamando, tuve que quedarme con los perros, para callarlos, que no se diera cuenta de que estaba aquí... ¿Y sabés que es lo que no quiero que pase, Matilde? Que le diga a Carlos que yo no estaba, que le haga uno de esos cuentos que tan bien sabe urdir la malparida y lo haga venir a él, precisamente a él... No sé, no sé, ¿cómo me vas a preguntar eso? Si yo supiera por qué me enamoré de un hombre que tiene menos de veinte años... ¡Sí, Matilde, me enamoré y es la puta verdad!

86

A veces me da por pensar que si lo llamo o le pongo un mensaje al celular podría verlo una vez más antes de irme, obviamente él no sabría que yo me voy, no quiero que lo sepa... Porque me da miedo que me persuada sin una sola palabra para que me quede aquí soportando chismes, insultos y recuerdos a cambio de verlo pasar por la calle...

En ese momento se soltó uno de los primeros aguaceros que volverían memorable ese invierno. Laura estaba segura de que abandonaría Atenas sin miramientos, sin ningún tipo de nostalgia, pues era una tierra apta solamente para la muerte, para el ceremonial de la caducidad. Decidió despedirse de su hermana ante el enorme vacío que la embargó. Vacía y falsamente sólida como las cajas que esperaban la ropa y los adornos y los juguetes de los perros y la ropa hedionda a naftalina del difunto que no tenía motivo para conservar. Colgó el teléfono y soltó al perro decidida a buscar un último encuentro con Carlos.

Bajo un paraguas cruzó la calle del vecindario hasta la casa de Julita. Tocó la puerta dos veces y esperó con ironía, imaginando que la vieja vengativa la iba a dejar esperando bajo el aguacero como represalia por no haberla atendido hacía un rato. Volvió a tocar con más fuerza y quien abrió la puerta fue Lucas. Era tan diferente a Carlos.

—Buenas tardes... sí, buscaba a tu mamá, no sé si podés llamarla.

—Salió, salió hace un rato... —le respondió con tanta naturalidad, casi con un cinismo lacerante que de inmediato le hizo ver que conocía todos los pormenores de la historia con su hermano. Laura dijo que no había problema y se disponía a marcharse cuando él la detuvo—. Si quiere verlo yo puedo decirle que vaya a buscarla. A su casa. Es cuestión de saber decirle las cosas.

—No, no es por él. De verdad no vengo aquí por él. —Se sintió estúpida al vacilar de esa forma frente a la impasibilidad de Lucas. Se veía tan frío, su rostro de piedra parecía una inmensa certeza. Admitió su derrota bajo el agua que arreciaba—: Está bien... solo quisiera hablar con él un momento. Tal vez que baje, de verdad es algo sencillo lo que vengo a decirle...

Lucas la hizo pasar no solo a la sala, sino que la condujo por las escaleras hasta la puerta del cuarto de Carlos. Laura estaba agitada en la presencia de este otro muchacho, sí, era bello y de haberlo conseguido antes, de haberlo tratado antes o de simplemente haber ignorado los rumores que lo tachaban de irredimible loca, se lo habría cogido con el mayor de los gustos. Lucas llamó a Carlos y al no obtener respuesta, entró. Laura permaneció mirando desde la puerta: estaba desnudo, dormía apaciblemente la tarde de ese domingo. Sudaba un poco porque a pesar del aguacero la humedad y el bochorno seguían haciendo de las suyas: fue tanta la suavidad con que lo despertó su hermano que pudo entregarse plenamente a la certeza de que eran cuerpos que interactuaban más allá de la convivencia cotidiana y necesaria, porque los dedos de la mano habían acariciado delicadamente el abdomen y lo habían recorrido todo, limpiando el sudor, dando suaves golpes y pronunciado el nombre del durmiente de una forma tan dulce que no dejaba ningún espacio para las dudas. Carlos despertó agarrando al vuelo la mano de su hermano, besándola sonoramente. Lucas le sonrió y volvió a ver hacia la puerta: Laura parecía flechada por un cazador furtivo que hubiera dado exactamente en el nudo de todas sus pasiones. Carlos se volteó hacia la pared profiriendo un insulto a Lucas, pero este, inmutable, invitó a Laura a pasar, a que dijera lo que tenía que decir.

—No se vaya... no tiene que irse —le dijo a Lucas, cuando ya se sentaba en la cama, excitada y pensando en presenciar otra escena con el mismo voltaje como la que había pasado hace unos segundos. Puso su mano en el hombro de Carlos para pedirle que se volteara pero él se resistió.

—Me voy a ir y solo quería despedirme de vos. No sé, todavía tengo la estúpida idea de que podría interesarte el hecho de que me vaya.

Lo primero que se había prometido no hacer era lo que acababa de hacer. La cegaba el calor corporal de ambos muchachos, Lucas que fumaba un cigarro en una esquina del cuarto entre sonriente y cínico y Carlos, quien la rechazaba en una ondulación de sentimientos.

—¿Por qué te vas a ir?... Si me decís que yo soy la causa de eso me voy a terminar decepcionando bastante de vos. Y lo digo en serio.

—No me vengás con eso. ¿Sos incapaz de comprender que estoy enamorada de vos? ¿En serio no podés sentir ni un poquito de empatía? Al menos eso, empatía. —Ahora el cazador, dando un salto traicionero, había logrado clavar su flecha en el nudo pasional de Carlos que se volteó para ver el rostro de Laura. Sí, claro que entendía lo que era este rechazo impúdico, desbordante, que sobre él también derramaba sus amarguras—. Es curioso que después de haber estado con tantos muchachos vos me vengás a causar esto. Tal vez sea el hecho de que te siento todavía extremadamente vulnerable, como si algo no calzara, como si todo

89

este tiempo en que disfrutamos de la compañía del otro solamente te hubieras ocupado de fingir.

—Yo creo que todo estriba simple y sencillamente en que mi hermano representa esas aguas mágicas de la eterna juventud que usted parece negarse a abandonar. Tal vez su amor no sea por mi hermano y su carne sino por lo que representa dentro de su vida, dentro de esta mínima etapa de su vida... —La intervención de Lucas los desconcertó, sobre todo a ella que había sido quien le pidió que se quedara dentro de la habitación—. Y digo etapa en el sentido más peyorativo posible, porque, imagínese, si ya tomó la decisión de largarse de aquí, ¿quién le puede negar que vaya a encontrar otro muchacho que se deje amar, que la sumerja de nuevo en la eterna jovialidad?

—Yo supongo que a usted es al que más le conviene que me vaya y deje a Carlos en paz.

—Se equivoca, soy el que más lo lamentaría, sin duda, pues todo lo subversivo se disipa. Pero lo pienso en función de la libertad de Carlos, que es más que una bonita subversión. Digo, usted es un cerrojo que le pesa muchísimo.

—¿Y usted una salida? ¿Un escape?

—Más bien una mazmorra, una mazmorra de la que él mismo tiene la llave para fugarse.

Al verlos a los dos frente a frente, pues Laura se había levantado de la cama para encarar el disfrazado ataque de Lucas, Carlos los deseó como nunca antes. Se sintió necesariamente atraído por la desafiante actitud que ambos estaban tomando alrededor suyo, aunque a veces se percibiera como una vil excusa del destino para hacer que su hermano y su amante se miraran fijamente a los ojos con todo el resentimiento que cargaban como un violento herrumbre.

90

La chinga del cigarro que Lucas fumaba cayó en el suelo, apagándose bajo la suela del zapato. Laura miró a Carlos que había pasado casi a un segundo plano a pesar de ser el supuesto eje de la visita y la discusión. Se hincó al verlo sentado en la cama y le pasó la mano por el pelo empapado en sudor. A pesar de la presencia de Lucas puso su mano bajo el mentón y lo atrajo hacia su boca, besándolo al tiempo que buscaba acariciar los muslos.

—¿Y vos? ¿Sentís empatía por alguna cosa en el mundo? —preguntó Carlos a Lucas cuando se zafó del beso de Laura.

—Por supuesto, si estoy disfrutando tanto como ella ese beso es porque la empatía me corre por las venas. —Carlos estaba dolido, molesto, y todo se percibía en el tono que usó al interrogarlo.

—Por eso dejaste que Moreira se matara sin haber intentado siquiera procesar lo que te había dicho. Nunca te diste a la tarea de pensar si tenía miedo, si estaba sufriendo, solamente lo dejaste ahí con un revólver escondido en alguna parte de su casa o de su cuerpo...

Lucas pareció crisparse, habían tocado uno de los hilos más delicados y respondió con odio:

—Sos un reverendo hijueputa, porque sabés que sí lo quise, lo sabés... Él no supo nunca manejar ese sentimiento que tenía por mí, estaba obligado a mantenerlo todo en secreto y no todos tenemos coraza de caja fuerte. Prefirió fundirse, abandonar el barco antes de tener que admitir lo que era.

—Claro, y ahora lo que estás esperando es que yo me funda. ¿Qué habrá pensado, Lucas? ¿Qué habrá pensado cuando se metió el balazo? ¿Pensaría en vos o en todos los que estaba engañando?... La mayoría no puede entender que no todos pueden simplemente venir y asentir ante todo. Y decir soy de una sola vez. Las circunstancias te hacen mierda...

—No me explico por qué traés a colación esto... —Lucas se había sentado en el piso. Laura se sentía contagiada de la furia con que Carlos increpaba a su hermano y de la otra furia casi pasiva con que este respondía, sentado en el rincón del cuarto.

—Al final solo me quedó claro que el verdadero problema aquí está entre ustedes —atinó a decir aprovechando la tregua. Carlos le agarró la cara con fuerza y la atrajo hacia él, besándola.

—Necesito que te quités todo... —le dijo, lapidario.

Yo no soy ella a la que me estás ofreciendo en bandeja de plata, sangrante como la cabeza anhelada por Salomé. Veo tu cuerpo trenzarse en un alevoso grito que cubre de sombras el cuerpo ajeno, ella, que sí puede darte un gran agujero vacante, la que anhela que vos llenés ese agujero con tu torrente. Yo no puedo desearte como vos querés que lo haga, todos los días y a toda hora, y además, ese deseo que vos dibujás en mí no puede compararse con el de ella. Porque están frente a mí, aquí en tu cama, trenzados besándose, enseñándome cada uno sus huecos y recordándome los míos, y ella te besa con una fuerza que va más allá del deseo subterráneo que siento por vos. Tu ojo, tu ojo cubierto por el párpado venoso y húmedo sigue latiendo, lo sé, por mí. Toda esta indecisión se refleja en tu ojo que no quiere ser cegado por la oscura caverna que se te ofrece. El enojo en tu cara de florecilla triste te anima a la violencia y le abrís las piernas y metés todos tus dedos en ese orificio que ya no te satisface, del que querés huir sin saber a dónde. Pero la miro a ella, enrojecida, disfrutando de tu mano que la obtura. ¿Y yo? Esta sombra recogida, envuelta en sus propias sombras, abandonada y descompuesta por su propia inutilidad. Porque yo nunca podré ser la que luce un sombrero de pana o un vestido perfecto o la que te envuelve en un ensueño de alfajores y aguas tórridas. Por eso buscás en ella esa entraña, por eso la llevás a los límites del dolor: tus dedos en su vagina se abren paso como caballos violentos, desbocados, mientras tu pene cuelga sobre las sábanas y tu lengua busca posarse en algún punto diluido. Tu pene se hincha como una ubre a punto de escupir todo su jugo. Ella suda y gime como desgarrada por tu mano que le abre un nuevo camino, un nuevo túnel rosado que en sus entrañas encuentra la luz. Bajás por completo hasta esa vagina vieja, peludísima, ácida que se abre ante vos y es solo tuya y te habla. Tu lengua recorre los labios, busca la piel que ya tus dedos enrojecieron, tu lengua busca llegar al fondo de esa nueva abertura mientras yo crezco viendo la hinchazón de tu pene que me pertenece. Resignado al abandono me desnudo, me desnudo como ella se desnudó ante vos: dos cuerpos que se desnudan ante vos, que se rinden ante tu ojo que apesta. Hombrecito de porcelana, todos tus fragmentos se juntan en este momento en que te envuelve un júbilo de pura carne que explota. Te sentís único, un animal inmoral que domina todo. Me hinco en el suelo, justo al borde de la cama donde se me ofrece tu culo como una dulcísima recompensa. Los tres nos conectamos a través de la lengua, a través de aves carnosas que mueren en revoloteos viscosos: tu lengua en la vagina de Laura y la mía en tu ano y mi mano que se aferra a esa verga tuya que se afianza, dura y lubricada. Te levantás un poco, llevás tu boca a las tetas jubilosas de Laura y yo juego con tu verga, rozo la vagina de tu amante con ella, mojo su herida con la lágrima lenta de tu ojo. Estoy tan templado con la cara entre tus nalgas que sin pensarlo dos veces me subo a la cama y empiezo a besar tu espalda, y es ahí, cuando llego a tu nuca, que la miro a ella directo a los ojos y ella me mira con una complicidad que dejo pasar en ese momento. Vos ya no controlás nuestros cuerpos, vos estás entre ella y yo: dos huecos que buscan tu cabeza, tu derrame absoluto. Sin que nadie se percate del momento exacto, nuestros cuerpos giran, se distribuyen de otra forma. Vos estás acostado en el colchón y ella te besa mientras tira de mi brazo para que me acueste sobre tu abdomen, y lo hago y te beso, y siento tu dureza moviéndose bajo la mía, infectándonos del otro cada vez más. Laura lleva su mano hasta mi pene y tira del prepucio para exponer toda mi debilidad que se mueve bruscamente sobre tus pelos, bañándolos. Somos sus marionetas. Tus piernas han sido abiertas por su deseo, somos solo dos objetos que dispone a su gusto, agarra de nuevo mi pene y sin concesiones lo hace entrar en vos. El gemido que soltás y la desaparición de su mano me dan la licencia para empezar a moverme adentro. Carne vaporosa, una carne de animal muerto, ceñida tela. Cada centímetro de tu intestino que ahora me toca se me antoja único y terrible. Laura se masturba de pie, casi tiesa en su excitación al verte ser dominado, al verme a mí cogiéndote como vos tantas veces te la cogiste a ella. Te duele, hoy te duele y me encanta tu dolor porque es como si fuera mío y quiero sentir dolor: te ofrezco mi mano, la meto en tu boca y la mordés como a la ropa interior de la otra noche. Mi carne es tu mordaza.

Los dedos de Laura abren su vagina que se acerca a mi cara y mi cara se hunde en ella, mientras busco entrar más en vos y tu dolor, y tu mordida sencillamente me hace sangrar. Te penetro con tanta fuerza que ahora soltás un grito impúdico, un grito que viene acompañado de la explosión de semen sobre tu propio abdomen y sigo hundiéndome hasta que finalmente, sin poder resistirlo, exploto dentro de vos, exploto hasta quedarme sin aire dentro de vos y Laura sonríe mientras termina de masturbarse y tus ojos, lo sé, están pensando que soy irremediablemente tuyo.

Planetas delicados

Lo supo desde siempre. Desde que Leo le había hecho la propuesta y la aceptó, desde que grabó su masturbación con Patricia Corazón y Solitaria. Nunca estuvo en mí la palabra no, nunca. A la mañana siguiente del episodio extático con Laura y Carlos recibió la llamada que había estado esperando. La voz chillona de Solitaria le dijo que efectivamente estaban interesados en él, querían hacer una serie de filmaciones que al inicio serían algo improvisadas, con él y otros muchachos a los que les darían todas las comodidades necesarias. Cuando la mujer colgó, Lucas estaba completamente invadido por una alegría secreta, por un sentimiento profundamente placentero que lo hacía dejar atrás los acontecimientos abruptos del sueño y de sus últimas andanzas. Toda la noche había pasado figurándose un cuerpo abatido por la enfermedad que sucumbía ante horribles convulsiones en una cama a la que nadie se acercaba y en la simultaneidad de ese paisaje onírico alguien bebía café con él y reía. Ambas imágenes superpuestas, transcurriendo cada una en el acto, líneas paralelas y desesperantes. El cuerpo en la cama expulsaba sus pedazos que se quedaban en el piso como grandes gusanos muertos, larvas quejumbrosas, exactamente sobre la mesa, exactamente sobre su sonrisa en la conversación. Pero la llamada lo había hecho olvidar esa figuración horrorosa y se levantó con renovadas energías para buscar delinear ya la escapatoria definitiva. Inevitablemente estaba formándose a sí mismo como una completa estrella por la cual iban a morir miles de personas alrededor del mundo. Sí, esos que te miran y se la jalan porque vos estás en la pantalla y sonreís no a la cámara sino a ellos, y una y dos y miles de veces, entonces te volvés un tatuado Jake Bass que se recuesta en el asiento de una pandillera mientras termina su Marlboro o un Johnny Rapid que emerge de una caja de cartón brillante e inmóvil a la espera de sus verdugos, y te sienten porque la pantalla no se acaba, porque el ojo no se acaba, y luego sobre vos pesa la pasión de miles a los que jamás vas a poder conocer.

Bajó las escaleras sin percatarse de que la llamada había sido perpetrada en horas inhumadas: las seis de la mañana en punto, minutos antes quizá. Pensaba encontrar a Julita en la cocina y restregarle en la cara que ya había conseguido trabajo, lo cual sería prácticamente cortarle la lengua, dejarle un pedazo de carne chorreando palabras, reclamos, ofensas. Sin embargo todo estaba inerte en la planta baja. El olor del café no se hacía presente todavía y la puerta del cuarto de su madre permanecía cerrada, aunque ya estaba encendido el radio esparciendo la estridencia del Ave María. Se sintió inmensamente vulnerable en medio de su felicidad. Mierda, era un ingenuo, un ingenuo ser que había caído en la trampa de la emoción primera, del correr estúpidamente a buscar un rostro al cual comunicarle las buenas nuevas, pero no existía ni el rostro y tal vez la emoción era también un engaño. El frío de la mañana se encargaba de acentuar todo ese ambiente de falsedad y abatimiento,

97

y sin embargo no se extinguía la recalcitrante sensación jubilosa de haber conseguido el trabajo. Equiparaba esto con la libertad, aunque nunca había creído en la libertad, aunque siempre se había pasado por el culo todo indicio, todo idealismo en relación con la libertad. Si nunca vamos a ser libres —le decía a Leo—, ¿qué sentido tiene el posicionamiento político, la toma de conciencia, el rugido transgresor, la calle y la miseria parlante? Y la perra eurítmica, la sabia chamana de la urbanidad, sonreía cínicamente a Lucas, compadeciéndose de su ingenuidad, pues le parecía a ella que él era la encarnación de una resistencia. Ahora, desolado por tanta alegría, se dejó caer en una silla recordando que la libertad le martilleaba la cabeza. Una libertad sin duda engañosa, que no podría cumplirse nunca, pero entonces por qué este sentimiento, por qué este increíble ascenso hacia las aguas tranquilas.

Cumplí la promesa que me había hecho a mí misma hacía un tiempo y recogí lo necesario para largarme. No pensaba volver nunca más, no pensaba tampoco llegar a un sitio en el cual pudiera establecerme tranquilamente y ser de nuevo yo y tener otro hogar. Hogar, novedad, tranquilidad. Tres palabras que ya no le decían nada a una mujer que se había encargado de vivir siempre al límite de lo permitido y ahora, de una manera caprichosa, la vida le negaba la única cosa a la cual se había logrado aferrar. Lo acepto, me aferré a Carlos con una desesperación que al final iba a terminar por deshacerme y lo percibí desde la primera noche, desde que me dejé embelesar por él y su aparente inocencia. Carlos nunca fue inocente. De hecho siempre he repetido una y otra vez que ni siquiera un niño es inocente. Tal vez los niños, los auténticos niños, los que de verdad se saben niños, sean los seres más perversos que ruedan por la vida. Por eso le hui siempre a los hijos: hubiera preferido mil veces morir que inflarme para expulsar a un engendro que con el tiempo solamente vendría a enrolarse en problemas nuevos que tendríamos que compartir por el resto de la vida. Me percibo terriblemente estúpida al cavilar sobre estas cosas, lo juro. Hablo de que jamás quise ser madre y maldigo a los niños y me horrorizo ante ellos pero me enredé con Carlos que era casi un niño. En fin, empiezan, como siempre, mis contradicciones. Nada tiene que ver que Carlos fuera o no casi un niño cuando se enredó conmigo. Lo que realmente importa es la total desaparición de toda inocencia. Lo que construí alrededor de él y su cuerpo era un campo de sensaciones en el cual podía moverme con absoluta tranquilidad. Con Carlos, a diferencia de la gran mayoría de hombres con los que me he enredado en la vida, yo podía sentirme auténticamente superior. Me deseaba de una forma irracional, notaba su cara al toparnos en una esquina, al saber de mí a través de sus amigos del colegio, porque, al final, lo mejor que pude haber hecho fue convertirme en la gran iniciadora de esa generación enclenque. Me figuro escenas, posibilidades: un mae cualquiera le menciona mi nombre, imperdible, le habla de mis tetas, de cómo lo hago, de qué hicimos, tal vez ese que le narra el episodio nunca me tocó un pelo, tal vez a él también se lo contaron pero no puede resistirse a expandir los rumores, entonces él piensa que somos vecinos, que nos encontramos a menudo en la calle y que me mira deseándome y que yo también lo deseo y cuando el que empezó a hablarle de mí se retira, la historia ya ha sido fundada. En fin, mi error consistió en no ver nunca la sombra que Carlos arrastraba con suma violencia. La sombra de su hermano y sobre todo de ese desenfrenado amor que siente por él al tiempo que se asfixia dentro de las paredes de esa casa. Porque Julia se dedica simplemente a morir, a irse anulando poco a poco, cada vez más confundida con el silencio y la oscuridad, de eso no me cabe la menor duda. *(Se levanta de la cama en que estaba con uno de sus perros y va hasta la parte de atrás de la casa donde está la alacena en que se guardan productos de limpieza y otros artefactos. Rebusca entre ellos y toma un frasco que coloca, una vez que ha vuelto a entrar, en la lata del fregadero. A su alrededor los cuatro perros la miran con insistencia, casi previendo su desaparición, su decisión de emprender un camino sin retorno. Ella opina que no puede irse sin haberles dado de comer.)* ¿Y si en algún momento Carlos vuelve a pensar en mí como al inicio? Porque no me atrevo a pensar que no le queda absolutamente nada mío. Algo debe sobrevivir, una frase, un momento determinado de una noche, algo mínimo, sin contorno... Estúpida. Laura, no podés seguirte engañando con una fantasía, con una intuición asquerosa. En algún momento tenía que llegar el fin para vos. Para todo lo que creíste ser. En este lugar ya no existe una sola persona capaz de tolerar tu presencia. Se les nota en la cara cuando desfilan ante vos como si estuvieran condenados a odiar perpetuamente, a nunca perdonarse ni perdonar. Otra estupidez: el perdón absoluto e inocente. Mierda y más mierda que no podés llevarte de aquí, que una vez cruzado el dintel con el número de casa tenés que dejar atrás con todas las cosas que jamás volverás a ver y las fotos y la ropa y los recuerdos, sobre todo eso, los malditos recuerdos que no pueden acompañarte hacia el final. *(Los perros siguen rodeándola. Ya ha terminado de servirles comida en cuatro tazas distintas. Las pone en el suelo y toma el frasco, ahora vacío, que trajo del mueble trasero y lo lee. Lo tira en el fregadero y observa a los cuatro perros comer deleitosamente. Va hasta el cuarto en donde tiene las dos maletas y rebusca en el clóset una caja de colonia en la cual hay un rollo de billetes que ha estado ahorrando desde hace mucho tiempo. Piensa en la cantidad de plata que tiene en el banco y hace un breve cálculo del tiempo que podrá gozar a partir de esa plata. Se levanta y va otra vez a la cocina donde uno de los perros, el más pequeño, empieza a llorar agudamente y se revuelca a sus pies como exigiéndole que haga algo, que no lo deje. Lo alza y se sienta en uno de los sillones, los otros, en diferentes puntos de la casa, repiten los lamentos agudos, los retortijones. En sus manos queda la espuma blanca que el perro pequeño deja salir una vez que ha muerto.)*

El torpe inicio de la semana parecía haberse consumado en la caída del café sobre la mesa. Manuel se echó para atrás queriendo evitar el baño que caería sobre las piernas pero aun así resultó manchado por el líquido humeante. La mesa humeaba también, y los comensales que los rodeaban se quedaron mirando entre burlescos y enojados. Lucas empezó a disculparse de forma desesperada, moviendo las manos sin sentido, poniendo servilletas sobre el reguero de café. Manuel intentaba calmarlo con una sonrisa, diciéndole que no había problema, no había sido mucho. Apareció la mesera con un trapo y con ayuda de ambos retiró el mantel sucio y la jarra vacía y ofreció otro limpión a Manuel que había quedado salpicado de café, secó el piso y preguntó a Lucas si quería que volviera a traer la jarra llena. Sí, por favor. Lucas tenía los ojos enrojecidos, como queriendo llorar, como queriendo revelarse de una forma demasiado frágil y estúpida apenas en la segunda salida con Manuel.

En esos días el dilema con la universidad estaba carcomiéndole las entrañas. Fracaso tras fracaso, iba arrastrando por los pasillos de la facultad su necesariamente opaco destino, como si de un tajo cruento le hubieran sacado las vísceras y ahora perpetuamente tuviera que exponerlas. Una vez más estaba a punto de perder todos los cursos semestrales. El alcohol estaba derrumbándolo de una forma inhumana y justo en ese momento en que Manuel lo miraba casi compasivamente, estaba pensando en que ojalá todo se acabara pronto para poder huir de nuevo al bar y terminar con la plata del mes. El otro café llegó con el mantel nuevo y una vez arreglado el desastre cotidiano se reanudó la conversación. Estaba hablándole a Manuel de sus problemas en la universidad, estaba justificando su fracaso con personajes irreales y pleitos también irreales que según él provocaban que se sintiera fuera de lugar en todo momento. Si tan solo Leo lo escuchara inventar todo ese rollo para zafarse un poco de culpa, para hacerse creer que no toda la desgracia venía corriendo tras él. No le importó, sin embargo, continuar mintiendo hasta lograr perfilarse como una auténtica víctima de las circunstancias. Manuel había extendido su mano sobre el mantel, pidiéndole que le diera la suya, en un gesto que lo llevaba hasta los límites de su capacidad para relacionarse con otros. Al principio había creído que esta cita era algo plenamente circunstancial que terminaría por resolverse en una cama y en pocas horas, sin embargo parecía que no iba a tener un final tan fácil. Puso su mano sobre la de él y la dejó ahí, sintiéndose ridículo, mirando a su alrededor como si previera que el gesto estaba molestando a algunos de los presentes. Manuel parecía en otra dimensión en la cual no importaba en lo absoluto si había alguien molesto con lo que sucedía.

Cuando se despidieron un beso repentino sorprendió a Lucas: aquel muchacho verdaderamente parecía interesado en él, un ser miserable que se había presentado como lo que no era, gracias a su enorme e inigualable capacidad fabuladora. Vio a Manuel desaparecer entre la gente que subió al bus e inmediatamente desapareció él también entre la gente de la acera en busca del bar. Había citado a Leo que se moría por saber qué tal le había ido en la cita con el nuevo desafortunado. Al llegar la encontró muerta del calor en una esquina empinando la cerveza y haciéndose viento con un abanico beige de vuelitos. La perra inmediatamente, al verlo, se levantó para abrazarlo, dejando atrás su problema con el calor. Pidieron dos cervezas y el interrogatorio empezó de inmediato:

—Decime, ¿es guapo de verdad? ¿Ya mediste si se apunta o no?

—De que se apunta se apunta, es evidente que le gusto. O sea, y le gusto así como estoy ahorita, delgada a la manera de un cadáver. Sí, me lo voy a coger. Lo que me preocupa es el ridículo que hizo. Bueno, yo también hice un ridículo, yo le eché el café encima y no sabía qué hacer...

La Leo, con su habitual capacidad para romper tímpanos en segundos, prorrumpió en una risa que atrajo algunas miradas y, con la mano ya en la boca, abriendo el abanico con fuerza y tapándose, misteriosa y dama, la cara, dejó terminar los estertores de la carcajada. No podía creer que la estupidez de Lucas hubiera derramado el café sobre el galán que ofrecía sus hermosos genitales como un animal resignado al matadero, capacitado para asustarse ante cualquier movimiento extraño en la maleza.

—Pero ojo —dijo solemne y decidida—: en el momento en que te sintás perdidamente enamorada de ese mae, abortás la misión. Así, simple y sencillamente abortás porque nosotras no estamos para cosas como el amor cortés y sus derivados.

—¿Me creés estúpido? En serio que se nota que en todo este tiempo de amigas no te has molestado en notar de verdad cómo me muevo en este campo minado, en este rosal espinoso...

—Como un ruiseñor a veces...

—No me interesa meterme de lleno con este tipo, tonta. Lo digo en serio.

Se miraron un rato más y decidieron que después de otra cerveza tocaba buscar la casa y el sueño. O al menos Leo lo decidió, porque al cruzar la puerta del bar dejó a Lucas en la mesa, con el rostro clavado en la pared azulosa por las bombillas. No podía evitar preocuparse al verlo completamente aletargado, como en una burbuja inexpugnable, incapaz de mutar con lo que se le ofrecía. Pensó que definitivamente estaba perdido y que sus palabras no eran más que ilusas elucubraciones pues terminaría enamorado del tal Manuel. Estaba tremendamente frágil, dominado por el alcohol y el resentimiento y un cuerpo ofrecido pasaría a representar algo más allá de la pura carne: sería la compañía misma, el posible flotador que lo llevaría hasta una provisional orilla. Mientras fumaba su cigarro echó otro vistazo hacia la mesa en que lo había dejado: seguía en la misma posición y ya tenía otra cerveza llena, aun cuando la otra no estaba ni por debajo de la mitad. Poco le importaba gastarse toda la plata en guaro, ella también lo hacía con cierta frecuencia, pero ella ya había sobrevivido a estas oscuras tormentas del desarraigo.

¿Y si despertaba a Carlos? Tal vez él escucharía con entusiasmo su triunfo aunque fuera solo algo pasajero. Pero era estúpido pensarlo, no podía decírselo pues ni siquiera le había comunicado que estaba intentando meterse a hacer pornografía. ¿Cómo se lo iba a decir sabiendo que sentía algo tan fuerte por él? Carlos, pensó, se tiraría a golpearlo o preferiría hacerse el mudo por el resto de su vida, no iba a comprender que era el camino que había escogido definitivamente y, aunque con titubeos, no pensaba dar marcha atrás. Estás solo y se acabó, no hay una sola persona a la que pueda interesarle que te hayan llamado para grabar un video porno. Se cobijó de nuevo cuando el frío de la mañana volvió a enredársele en las piernas como un animal violento. Estaría bien llorar al menos una hora antes de levantarse de nuevo y ver a la estúpida de Julia en la cocina ya apestando a whisky. Lloraría mordiendo la almohada, aferrándose ciegamente a la esperanza que lo circundaba sin piedad alguna. Lloraría hasta sentirse seco, hasta saber que no lloraría más dentro de las paredes de esta casa de mierda. Lloraría hasta saber que cuando volviera a llorar sería de placer frente a las cámaras y frente a miles de ojos irreales y escrutadores.

Julita abrió la puerta de su cuarto enfundada en su bata blanca y desde adentro vino un rumor de voces que daban los buenos días como queriendo revivir la casa. Afuera estaba lloviznando, el cielo estaba completamente opaco, cubierto por densas nubes que terminarían lanzando una impertinente lluvia. Las voces de la radio empezaron a hablar de diques rebalsados, casas inundadas, damnificados y muertos. Julita sacaba la bolsa del café y colocaba las cucharadas correspondientes dentro de un filtro. No tenía razón alguna para preocuparse por la lluvia, no conocía a nadie por aquellas tierras que siempre parecían estar a merced del agua. Lucas escuchaba el radio y las voces de manera muy tenue entre su llanto. Ya estaba levantada su madre y hacía algunos segundos se le había cruzado por la cabeza la idea de que podría ir a contarle su motivo de contentera al domador de abejas, el viejo Álvaro. Se descobijó, en la misma almohada quedaron las lágrimas, moscas pétreas, y buscó un abrigo delgado, una pantaloneta y las chancletas de siempre, miró por la ventana y notó que estaba tupiendo la llovizna y ya la calle había tomado el tono grisáceo, de víscera enferma, de los días tremendamente lluviosos. De su bolso sacó una sombrilla reluciente, amarilla, y bajó las escaleras dispuesto a evadir la cara de su madre y su figura de mártir preparando café a falta de una batalla o una hoguera, lo cual se le hizo imposible pues ella estaba en la mesa al momento en que llegó a la última grada y se quedó mirándolo con la botella de whisky en la mano. Sin pensarlo, escupió:

—Es temprano para que ya esté alzándose, ma.

Ella solamente tapó la botella y se levantó enojada, cruzó las cortinas blancas con motivos florales que separaban el comedor de la cocina, desapareciendo. Lucas tomó la llave del clavo y abrió la puerta para toparse con un día excesivamente oscuro. Abrió la sombrilla aunque solo tuviera que caminar unos pasos, ya caían chorros de agua desde el techo que no protegía canoa alguna y sus pies quedaron empapados y el animal frío se envolvió más, helándolo. Tocó la puerta de la casa de Álvaro con insistencia pues ya las frías gotas chocaban en su abrigo. La llovizna se había convertido en imparable aguacero. Lucía abrió la puerta y dejó que Lucas pasara, con una expresión de extrañeza, él notó que la había levantado de la cama pues traía puesta una blusa flojísima en la que nadaban sus tetas y una pequeña licra que prefirió dejar de mirar en cuanto ella se metió de nuevo al cuarto a despertar a Álvaro.

—¡Perdón por haber venido tan temprano, de verdad! —gritó desde la sala, escuchando la cama retorcerse ante los movimientos del hombre. Lucía le contestó que no se preocupara, siempre se levantaban a esta hora a pesar de que hoy parecía no ser un día indicado para dejar atrás la cama y las cobijas.

—Sí, pensé lo mismo. Pero bueno, no todos los días a uno le pasan cosas importantes... —se quedó pensando en si valía la pena decirlo o no, en si haber venido era una cosa absurda. Pero ya no podría echarse para atrás puesto que había afirmado que algo importante le había pasado y ambos, ahora no solo el gordo, sino ambos, estarían a la espera de que les contara qué era eso que le había sucedido.

—En realidad solo vine aquí porque necesitaba contarle a alguien lo que me había pasado y pues, no sabía a quién decírselo.

Lucía apareció en la puerta del cuarto y Álvaro, sin camisa y una enorme barriga morena, se paró detrás, encendiendo el primer cigarro del día. Notando que tendría que decírselo a ambos y no solamente a Álvaro, gracias a su traicionera locuacidad, por soltar la sopa antes de tiempo, optó por pedirle a Lucía que por favor no dijera nada a

Julita, estaba confiando en ellos porque no tenía a quién más acudir, estaba, digamos, haciendo uso del derecho a confiar que otorgan un par de borracheras y unos cuantos viajes en busca de cigarros o comida barata. Lucía se amarró el pelo y dijo que por ella no debía preocuparse, prometía, en nombre de Jesús, no decirle nada a Julita. Después de todo, su amistad podía considerarse reciente y poco sólida, dijo con la mirada perdida, los labios como titubeantes. Álvaro solamente bufó como un animal impaciente y quitó a Lucía para venir a tirarse en el sillón con los pies hinchados y la boca humeando. Diga qué fue, ya me puso a pensar, le dijo a Lucas al tiempo que le ofrecía un cigarro diciéndole que siempre era bueno fumarse uno antes del desayuno. Como toda la casa era una sola pieza, a excepción del cuarto y el baño, Lucía se fue hasta la diminuta cocina y desde ahí escuchaba con atención. Lucas comenzó a hablarles de Leo, de la propuesta que hacía algún tiempo le había hecho y que por supuesto él había aceptado después de verse en la situación más infame y precaria de su vida, les reveló lo que había sentido el día en que se masturbó frente a Solitaria y Patricia Corazón, les habló de su espera angustiosa y de cómo veía en el negocio la posibilidad de salir del tremedal en que se encontraba, era una forma para dejar atrás tanta mierda, tantas pesadillas que le había engendrado este lugar. Lucas se detuvo y esperó mirando al suelo. Lucía sirvió tres jarras de café y las llevó a la mesa todavía sin decir nada, mientras Álvaro volteó a mirarlo con un semblante severo, aunque siempre parecía severo, y, de un momento a otro, empezó a reír moviendo su gran barriga.

—De verdad que es una cajita de sorpresas, este Lucas. No me quiero ni imaginar lo que pensaría su mama de estas cosas... Estoy seguro de que definitivamente lo echaría de la choza. Es el pretexto perfecto para dejarlo mamando...

—Pero, Varo, si me dan el brete ya me puede dejar mamando con toda confianza. Digo, ya me empezaría a caer plata, lo que ocupo es eso, la plata para poder irme de aquí y ya...

—Entonces, en pocas palabras, se va a hacer una especie de puta. Tan feas las putas —dijo Lucía mientras los invitaba a la mesa—. Pero bueno, si como usted dice la cosa va a ser para bien no hay mucho qué decir. Yo prometí no decirle nada a Julita y no lo voy a hacer, no me gusta que anden por ahí diciendo que yo soy una chismosa, una cuentera... Esas cosas.

—Pues sí, las putas y yo trabajamos sobre la misma materia prima, básicamente —respondió Lucas bebiendo el café, sonriendo ante la relativa simplicidad con que se habían tomado el asunto. Él se había dibujado en su mente una catastrófica reacción por parte de los otros. Pero de nuevo se había jugado a sí mismo una broma innecesaria, exagerando las consecuencias de asuntos que para él resultaban gigantes y sumamente problemáticos mientras que para otros eran solo una hoja flotando levemente sobre el agua.

Desayunó con Lucía y con Álvaro entre chistes que hacían referencia a su futuro trabajo. Incluso el mágico flautista de los himenópteros se atrevió a preguntar, como persuadido por la cercanía y la confianza, cosas relativas a las prácticas sexuales entre dos hombres que sonrojaron a Lucía sobremanera. El día continuaba oscureciendo y la lluvia aumentaba, ya los caños estaban rebosantes y no daban ganas de salir de la cama por ningún motivo. Habían terminado de comer y el silencio se hizo presente aunque no de manera incómoda, habían hablado tantas cosas y mencionado tantas posibilidades de vivir que el silencio era necesario como apaciguador de todo lo dicho. Ya el reloj estaba cercano a marcar las ocho de la mañana y nadie parecía estar dispuesto a darle vida al sábado. De pronto, Álvaro no pudo contener lo que la abundancia de agua le recordaba:

—Así estaba el día en que recogimos a su tata de ahí. Exactamente así...

—¡Gordo! —lo atajó Lucía con una expresión severa. Luego miró a Lucas.

—No, no, está bien. Estoy seguro de que Carlos y mami también estarán pensando en la muerte de Francisco hoy... Cuando salí de la casa, mami ya estaba tomándose el primer trago y, aunque hasta ahora se me ocurre, no sería nada raro que tuviera que ver con eso del agua, el recuerdo y la cercanía de la fecha.

Lucas les sonrió y fue una sonrisa sincera que dejaba al descubierto toda la incertidumbre que a partir de ese instante se le aparecía como una ineludible compañera. Sentía la profunda necesidad de seguir los pasos de su padre y entregarse al alcohol o al ridículo final que tuvo, cortesía del invierno. Tal vez era un sábado destinado a la melancolía y por eso no sintió nada al evocar la imagen de la cabeza de Francisco metida de bruces en el caño, moviéndose al ritmo del agua.

—Mirá... Lucas —comenzó Álvaro—, ¿por qué no te venís hoy en la noche tipo siete y media para tomarnos unas birras?

—Ay sí, vení. Hace tiempo que el gordo y yo no nos damos esos lujitos de tomar un sábado en la noche. Antes sí, antes todos los sábados.

Lucía empezó a recoger la mesa con una admirable sonrisa en el rostro.

—Está bien, claro. Yo me llego... —Se levantó y agradeció la comida y los cigarros, tomó la sombrilla de nuevo y antes de salir al aguacero se aventuró a preguntar—: ¿Puedo traer a Carlos?

Manuel apareció en la humedad de las escaleras y le sonrió. Bajó rápido hasta las sillas en que Lucas leía, bajo la luz de un fluorescente parpadeante, una colección de cuentos inédita y escrita por la Leo. Le preguntó si eran suyos y él dijo que no, guardándolos rápidamente en la carpeta en la que se los habían entregado. Manuel lo tomó de la mano y salieron a la noche joven en busca del departamento y el vino como métodos infalibles para deshacerse del avance del fin, imparable, en ese día. El fracaso académico se había consumado y, aunque Manuel intentaba consolarlo con chistes bobos mientras caminaban por el campus, el dolor de Lucas iba un poco más allá de ver números inferiores a seis en su historial académico desde hacía tres años. Era la imposibilidad de adaptarse a un medio hostil y árido. Intentaba sonreír con los chistes de Manuel pero al cabo de un buen trecho caminado este comprendió que todos sus esfuerzos eran en vano y optó por decirle que cuando llegaran al departamento y estuvieran en la cama desnudos y ya hubieran tomado vino, entonces todo sería diferente. Lucas le dijo que sí y le apretó la mano.

Cuando le comentó a Leo de su fracaso, la vio respirar hondo y abrir la refri para sacar dos cervezas. Le habló de que en su caso había tenido que acomodarse de nuevo al clima de las clases y a la transfobia de origen divino que sonreía instalada en todas las caras: es lo que más duele, ¿sabés? Salís a la calle con pancartas y el pecho inflamado de hartazgo y llegás a una clase en que todo lo quebrado, lo poco-hombre, está simple y sencillamente mal, todo marchito. Bebieron las cervezas en silencio y luego Lucas lloró un rato en el sillón. Habló de que no estaba dentro de sus cualidades la de volver y adaptarse y salir del agujero en que se había metido, lo aceptaba resignado, aceptaba que su ingreso a la universidad había sido simple y sencillamente un error y que más bien había durado demasiado tiempo dentro de esas aulas, el tiempo suficiente para conocer algunos elíxires literarios que no lo abandonarían aun cuando parecía haberlos trocado por los elíxires báquicos. Leo no trató de persuadirlo. Al contrario, lo emborrachó y lo hizo dormir en el sillón y al día siguiente lo acompañó en los vómitos terribles que la goma le tenía deparados. Porque ya las consecuencias físicas de su vida eran evidentes y ese día en la mañana, entre quejidos, había vomitado unos hilitos de sangre que alertaron a la Leo al punto de que lloró frente a Lucas pidiéndole tregua para sí mismo, pero el alcohol todavía rondaba en su cabeza y la respuesta fue un violento empujón que la hizo chocar de espaldas contra la pared de la sala. Lucas se tambaleaba y olía a vómito, gritaba enloquecido buscando el sobro de whisky de la noche anterior y maldecía su vida, a su perra madre y a la imbécil de Leo, porque no era más que una pobre travesti con suerte, una puta letrada que poco iba a entender las razones de un playo en todo el esplendor de su fracaso. Tiró los vasos de la cocina y se golpeó la cabeza contra las paredes al tiempo que seguía gritando maldiciones que los vecinos, sin duda, estaban escuchando con el teléfono listo para llamar a la policía. Leo, aterrada pero sobre todo dolida, profundamente dolida, lo dejó darse contra las paredes y maldecir y beberse todo el whisky que había quedado. Hacia la media tarde Lucas yacía en el piso dormido y ebrio, con la frente marcada por los golpes contra la pared y los nudillos rotos. Y ella, todavía llorando, lo miraba desde una esquina del departamento, esperando que despertara pronto, para echarlo a la calle sin remordimientos.

Claro que ese día, siempre atroz en el recuerdo, Leo lo había echado a la calle sin gritos ni dramas, solamente pidiéndoselo desde su resentimiento. Y él se percató de que no tenía plata, no tenía cómo llegar de nuevo a su cuartucho para pasar la noche entre ropa sucia, latas de atún y chingas de cigarro. Se quedó de pie al borde de la calle, bastaba un paso bien calculado, un paso en el momento justo en que un carro pasara a toda velocidad para acabar con el absoluto abandono. Intentó dar el paso y el carro frenó estrepitosamente con el conductor vociferando insultos desde el carro, la mujer que lo acompañaba no pudo detenerlo y el tipo bajó, lo quitó de la tapa del motor, donde había quedado solamente acostado, y lo golpeó tres veces en la cara. Lucas se retorció en el borde de la calle durante unos minutos ante las miradas reprobatorias de los transeúntes y los empleados de una farmacia cercana. Era un indigente más, su mano mugrosa se arrastraba por el concreto caliente de la acera manchada de sangre y de fracaso. El whisky resonaba como un tambor profundo.

Se levantó sangrando y empezó a caminar hacia el edificio de apartamentos en que vivía Leo, de nuevo, sin pensar en nada, solamente aletargado en el vacío absoluto de las cosas. Colores que llegaban a sus ojos para perderse en el vórtice luminoso que se le ponía enfrente con forma de camino, siluetas humeantes, antropomorfas, que cruzaban frente a él y tal vez sintieran algo parecido al asco. Las siluetas se perdían en el vórtice luminoso que abarcaba poco a poco con sus pasos y el ruido de los motores, el indicio de la velocidad, el fracaso de las parcas. Era cuestión de caminar entre la luz, siempre entre la luz...

Despertó cuando la luz se había ido por completo, extendido en una acera. Había caminado escasos diez metros desde el sitio en que lo habían golpeado y la sangre seca estaba ahí como una marca del tiempo. Se levantó adolorido, el estómago parecía un horno y quería partirse en dos del dolor. No había comido en todo el día, solamente había ingerido más alcohol. Caminó decidido a llorar ante Leo de rodillas, lloraría aunque fuese para conseguir el pase del bus y nunca más volver a verla en toda su vida. Cuando estuvo ante el edificio se sintió impedido, incapaz de llamarla. Pero lo hizo y a gritos, en lugar de utilizar el intercomunicador. Después de gritar por un rato, con los insultos del portero ya grabados en su cabeza, vio moverse la cortina del departamento, la luz amarilla dentro de él se hizo más fuerte y a los dos minutos se abrió el portón del edificio escupiendo a Leo en bata blanca. Le abrió sin dudarlo y cuando lo miró a la cara se tapó la boca. Él notó que tenía los ojos hinchados. Leo lo abrazó entre insultos y le dijo que pasara, arriba todo se arreglaría. Se disculpó con el portero y desaparecieron por el portón hacia el segundo piso.

Y hoy Manuel estaba en un rincón de su departamento, pero no mirándolo con miedo sino llenando las dos copas de vino que había puesto sobre la pequeña refri. Era un departamento pequeño donde comedor, cocina y cama compartían sitio. La única puerta divisoria del espacio, además de la de entrada, era la del baño. Lucas estaba encantado con aquel pequeño lugar tan cercano a la universidad, de una acogedora naturaleza de madriguera. Manuel volvió con las copas y brindaron por la noche que les esperaba, le repitió que no había razón por la cual preocuparse de lo que había pasado con la universidad y lo alentó diciéndole que no sería difícil encontrar un trabajo fuera, aunque empezara siendo algo poco reconfortante. Lucas masticó esa expresión un rato: algo poco reconfortante, salir de algo poco reconfortante para entrar a algo menos reconfortante era un completo asco. Pero vació la copa de vino en un momento y pidió otra y Manuel trajo la botella y la llenó. A la tercera copa ya habían comenzado los besos y las camisas se habían despegado de los torsos, había impaciencia en los movimientos bruscos de las manos que buscaban afincarse en la carne. Manuel se levantó y se desnudó por completo, Lucas hizo lo mismo y apagaron la luz quedando a merced del alumbrado público. La cama era angosta y Manuel se acostó sobre Lucas en un desesperado intento por acaparar su delgado cuerpo, su olor a vino y a sudor, perfume diluido bajo el inclemente calor del día. Su nariz resbalaba sobre el pecho de Lucas y luego su lengua buscaba enroscarse en los genitales. Lucas miraba la blancura del cielorraso salpicada de las manchas amarillas de la calle, el movimiento de las ramas de los árboles contiguos a la ventana formaba rostros que reían o desaparecían en la sombra y sabía que las risas eran para él y para su fracaso. Cerró los ojos y se concentró en seguir la lengua de Manuel en su recorrido genital, pero la lengua no era una lengua humana sino una especie de lija que le raspaba la piel encendida mientras las risas se le clavaban en los oídos. Agarró el pelo de la cabeza y empujó su pene dentro de la boca hasta escuchar una arcada insoportable que lo hizo enderezarse y soltar al otro. Manuel se limpió la saliva que había ido más allá de las comisuras de la boca y le preguntó si había pasado algo, si algo estaba mal. Lucas dijo que no, que solamente quería cambiar de posición, quería que él se acostara solamente. Manuel lo besó y le hizo caso. Lucas empezó a mamar con una avidez que lo hizo gemir desde el inicio y retorcerse ante la boca que buscaba amputar toda su posible y residual virilidad. Lucas siguió su tarea por varios minutos hasta que un sabor ferroso invadió su boca. Manuel seguía empujando y se quejaba ya no de placer sino de cierto dolor no exento, sin embargo, de él. Lucas saboreaba la sangre del glande y se excitaba ignorando las risas, las burlas de los que querían recordarle su fracaso y en medio del estertor final, cuando su boca se inundó de un semen liberador al lado de la sangre, oyó el silencio absoluto de sus enemigos fantasmales. Separó la boca del pene de Manuel que ahora sí se quejaba de un ardor intenso. Lucas se disculpó sin entender que la cosa no había terminado y fue volteado sobre la cama por la fuerza no pensante del cuerpo de Manuel que tomó su culo y empezó a bañarlo en saliva, escupiendo entre los lamentos pues realmente sentía que su miembro estaba herido. Lucas le pidió que no lo hiciera, que no se sentía listo hoy, le rogó pero fue en vano porque Manuel empezó a hundir los dedos en el ano sin compasión alguna, en un mar de saliva, mordiendo las nalgas poderosamente, como vengándose. Lucas empezó a llorar, realmente no quería que la mano invasora siguiera su camino, rogó una vez más, su llanto se hizo desolador. Un llanto fluido como el que había mostrado en la borrachera de la debacle con Leo. El dolor se hizo insoportable cuando todo el puño de Manuel entró en su ano y se sintió desgarrado, completamente invadido por su demencia. Se dejó caer en la almohada, resignado al dolor. Manuel eyaculó por segunda vez y sacó la mano del culo de Lucas para desaparecer detrás de la puerta del baño, convertido en otro, como si la oscuridad y la violencia caminaran en su cuerpo de la mano. Un olor a mierda empezó a invadir todo el departamento y Lucas sabía que el origen del olor estaba impregnado en sus muslos, sobre las sábanas, embarrado en su espalda y en los labios del que ahora lo insultaba desde el baño por haberle hecho sangrar el sexo. Empezó a moverse con cuidado, ignorando el dolor, y logró encender la luz: dos hilos de sangre le caían hasta la rodilla y los pedazos de mierda yacían en el suelo. Comenzó a llorar de nuevo, la puerta del baño se abrió y apareció Manuel con su pene envuelto en un paño blanco y se acercó a Lucas y le alzó la cabeza para obligar a que lo mirara: él también lloraba. Mostró su pene y Lucas vio dos enormes raspones rojos y sangrantes ocasionados por sus dientes y el trabajo continuo de su lengua. No pronunciaron palabra el resto de la noche: Manuel lo bañó con sumo cuidado y cambió la ropa de cama y limpió el piso. Le sirvió otra copa de vino y cuando finalmente lo vio caer rendido en la cama se abrazó a él sin saber que si algo se había quedado impregnado en el cuerpo de Lucas, en su impulsiva mente, era el sabor de la sangre y la humillación.

Al día siguiente solo Manuel habló, le contó sobre su padre, porque solamente tenía a su padre y vivía en Guanacaste. Manuel nunca le había contado estas cosas y venía a reparar en ello hasta ahora. Desayunaron en silencio y cuando Lucas tomó sus cosas para irse Manuel lo pegó contra la pared y le pidió que no contara lo ocurrido, que por favor le diera la oportunidad de demostrarle que lo que hicieron (porque él también lo había herido) era tan solo una manifestación del deseo que sentían el uno por el otro, un deseo inmenso que bien podría transformarse en amor. Y Lucas sintió que iba a llorar de nuevo, había comprendido que solamente el odio que sentía por Julita era comparable al que sentía por Manuel. Julita había ido formando ese odio a lo largo de años y años de decepciones y peleas, pero Manuel había logrado formarlo en una sola noche y lo había sellado, como en un pacto, a través del sabor de su sangre. Lucas salió del departamento y en la calle buscó un taxi, no podía caminar bien, cierto dolor empezaba a hacerse presente. Pidió que lo llevaran a la casa de Leo y en el camino estuvo a punto de lanzarse del vehículo en movimiento, intentando, de nuevo, una estúpida y dramática muerte que a lo más terminaría en una deplorable riña con el taxista. Así que cuando quiso hacerlo no lo hizo y soltó la manecilla de la puerta y se arrecostó al asiento con los ojos cerrados para darle rienda suelta a las carcajadas burlonas que se habían despegado del cielorraso para venir tras de él como un enjambre. El taxi se detuvo y él pagó, buscando rápido la seguridad inmóvil del pavimento. Curiosamente hacía un día soleado y hermoso, ni una sola nube se atrevía a dañar la continuidad celeste. Usó el intercomunicador y la voz quebrada de la Perra respondió casi de inmediato para decirle que lo había visto bajar del taxi y que ya iba. Leo tenía suerte, pensó mientras la esperaba en el portón, vive en un lugar bonito y logró un trabajo estable. Por un momento la envidió, la envidió al verla salir del portón engalanada con un turbante fucsia y unos pantalones talladísimos y fresca y sin ojeras. Entró y, sin dar tiempo a que llegaran al departamento, empezó a llorar abrazado al olor de su amiga.

Pasaron un par de horas mientras relataba a Leo lo que había sucedido con Manuel la noche anterior y ella, indignada, furiosa, opinó que debía ir inmediatamente a poner una denuncia. Pronunció la palabra hundir y la repitió en una frase más larga que la que anteriormente había dicho. Era necesario hundir a este tipo de imbéciles, fue lo que le dijo. Pero Lucas siguió bebiendo el té, más bien tranquilo, como si haber soltado todo frente a una vieja conocida le hubiera ayudado a apaciguarse y mirar lo acontecido a través de otro cristal:

—Perra... —se quedó en silencio apenas tuvo los ojos de Leo sobre los suyos, inquisitivos, expectantes—, no pienso poner ninguna denuncia, no pienso decir nada, al menos no por ahora. Quiero esperar...

—¿Esperar? ¿Esperar a que te mate?

—No me va a matar, Leo. No lo va a hacer porque estoy seguro de que a partir de ahora todo esto va a tomar un rumbo interesante. Yo de alguna forma comencé con la violencia cuando dejé que el sabor de la sangre me inundara la boca y lo disfruté... porque lo disfruté y ya te dije, loca, y no tengo que repetir esta historia frente a nadie más y te quiero pedir, de verdad, de todo corazón, que todo lo que aquí se ha dicho...

—Me ofendés con esa actitud de desconfianza —dijo Leo más apaciguada, acercándose al sillón en que Lucas terminaba de beber y abrazándolo.

—Solo que sí necesito un doctor, alguien. Alguien que me ayude con el dolor que tengo en el culo.

—¡Es un animal y lo que te hizo se llama violación! ¡Violación!

Lucas le pidió que se callara, ya había decidido que no iba a contar nada. La abrazó hasta calmarla y ella finalmente dijo lo que estaba esperando escuchar desde un inicio:

—¿Qué clase de feminista soy? ¿Entendés la posición en que me estás poniendo?

Y se dejó caer en el sillón para decirle que en unos minutos saldrían para el consultorio del doctor. El peso que le generaba guardar un secreto tan violento, tan rodeado de malignidad, tal vez podía ser compensado pagando la consulta médica, aunque eso representara una actitud esencialmente cristiana que parecía estársele colando por los poros. Leo se levantó y optó por no cavilar más y actuar rápido. Los ojos hinchados de Lucas y su caminar pausado le partían el pecho y por un momento se le cruzó por la cabeza la idea de poder enamorarse de aquel idiota en la cima de su tristeza.

Enterrar a los perros le llevó un par de horas y mucha precaución. Había pensado en dejarlos podrirse sobre los sillones o donde hubieran quedado tendidos pero desistió: si había tenido el valor para asesinarlos también tenía que tener el valor de enterrarlos y luego tomar sus cosas y largarse sin decir nada. Carlos no iba a notar su ausencia hasta que hubieran pasado días o tal vez meses, porque era justamente él quien mejor la conocía, quien iba a explicar su ausencia como una de las habituales salidas con algún muchacho a algún hotel lejano, una salida de tres días de éxtasis hasta que ambos quedaran secos y decidieran volver a sus respectivos calvarios. Él no iba a notar su ausencia en poco tiempo, eso lo tenía claro y aunque le dolía también le beneficiaba, pues necesitaba tiempo: tiempo para alejarse lo suficiente, para que ninguno de sus conocidos tuviera noción de dónde podía haber dado con su ardiente humanidad.

Laura tomó un baño de agua caliente después de terminar con los cadáveres caninos y los lloró escasos minutos sentada sobre la taza del servicio. Supo que había escogido el peor día del año para largarse pues la lluvia no paraba de caer desde temprano y estaba segura de que esa lluvia se había apoderado de todo el país y estaría atormentando su parabrisas desde más allá del portón hasta el sitio final. Tenía muchos lugares en mente aunque ninguno concreto, bien formado. Eran sitios inexistentes que imaginaba en zonas rurales de la costa Pacífica, Guanacaste o el Caribe. Incluso pensó que sería una idea genial tomar la ruta del sur hacia el desarrolladísimo vecino canalero, pero claro, sería posible si en algún momento de mi vida hubiera dejado de ocuparme de los cuerpos para ocuparme en sacar un pasaporte... pero no hay problema porque no tengo intenciones de largarme tan lejos, no quiero ni alejarme mucho de este hueco... no quisiera dejar de tener la posibilidad de ver a Carlos aunque sea una vez al mes, pasar junto a él mientras camina por la calle o al menos verlo sentado como una piedra que medita bajo el sol del mediodía... Laura, ¿qué le vas a decir a Matilde? Tu hermana va a llamar y va a pensar que te sucedió algo y ya sabés de lo que es capaz cuando no se le complace o cuando intuye que algo atroz (porque en su mente todo es atroz) ha sucedido, y habrá que sacarse de la cabeza la estúpida idea de volverlo a ver. Todo desaparecerá en cuanto te pongás en marcha de una vez por todas y estoy empezando a ver que toda esta rutina de los asesinatos y el baño no es más que un subterfugio para retardar la partida... Al abandonar el baño tardó unos quince minutos secándose el pelo y escogiendo un vestido que se viera espléndido en compañía de su sombrero de pana, porque pensaba llevarlo junto con los lentes oscuros aunque el día estuviera escondido detrás de una espesa cortina de agua y nubes. Se miró al espejo, ya lista para abandonar la casa, sin rumbo. Pero tenía que llamar a Matilde, tenía que dejarle en claro que iba a hacer lo que siempre quiso. Le digo que no se preocupe, que voy a estar viajando un tiempo, que me puede llamar cuando quiera al celular, que ella puede decirme lo que quiera menos que no haga lo que tengo planeado hacer. Así que fue hasta la sala y tomó el teléfono y marcó el número de su hermana, se sentó a esperar y, en un gesto involuntario, no puso su mano libre sobre el regazo para esperar a que alguno de los perros saltara sobre sus piernas. La mano se quedó en el aire mientras esperaba a que levantaran el teléfono del otro lado y aunque ya sabía que era una cuestión improbable, la dejó en el aire y luego empezó a mover los dedos como si realmente acariciara a una de sus envenenadas mascotas.

—Aló.

—¿Matilde?

—Un momento, Laurita. —Había contestado la empleada doméstica. La oyó poner el teléfono sobre la mesa en que estaba, oyó sus pasos y su grito, y esperó. Seguía moviendo los dedos sobre el fantasmal pelaje. De nuevo pasos y de nuevo el ruido del plástico contra la superficie de la mesa y vino la voz—:

—Aló, ¿Lau?

—Mati, ¿cómo estás?... Necesitaba hablar con vos para contarte que voy a estar perdida por un tiempo... no, no, mujer, nada malo... ¡no, Matilde! Solamente voy a darme el chance de ir a pasear y conocer lugares del país que todavía no conozco, vos sabés que me cuesta mucho quedarme sola en la casa y sobre todo ahora, vos sabés, lo que pasó con Carlos... Sí, sí, ya sé que a vos todo esto te da cólera, pero tenés que entender que yo no tengo la familia que vos tenés, ni hago lo que vos hacés... Matilde... Matilde no te estoy reclamando nada, es solamente un poquito de comprensión lo que te pido, lo que voy a hacer no es ninguna locura... Digo perderme pero no literalmente, por supuesto que podés comunicarte conmigo cuando querás, sí, Matilde, sí... Todo va a estar bien, te lo prometo... ¿Qué?

—Que me prometás que cuando de nuevo llegués a tu casa la vas a poner a la venta y te vas a venir a vivir con nosotros. Prometeme eso, mujer, es lo mínimo para que me quede tranquila.

—Pero es un viaje muy largo y yo...

—Lo prometés sí o sí.

Eran las diez de la mañana cuando el carro de Laura salió del garaje y ella cerró el portón con un enorme candado y se subió, tapada solamente por el sombrero de pana, y una vez adentro la envolvió la voz carrasposa de Ana Gabriel y cantó con ella mientras apretaba el pedal, perdiéndose en la esquina del barrio para siempre, como un recuerdo fútil, como una existencia entera.

Manuel estaba muerto en el piso del cuarto desde la noche de un martes en que nadie lo vio salir ni entrar. Nadie sabía nada del muerto. El sol lo bañaba desde las cinco y media de la mañana hasta las seis pasadas de la tarde y los artefactos que adornaban el cuarto se concentraban en su cuerpo desnudo mientras se pudría. La luz del sol iluminaba la fotografía de una anciana enferma y luego iba desplazándose por los recortes de periódicos y por los peluches y por el cuerpo de Manuel que empezaba a llenarse de agujeros y larvas conforme las horas se iban sedimentando. El edificio en que Manuel estaba muerto tenía dos habitantes, ambas mujeres, y lo habían aceptado casi por compasión. Ambas eran viejas y sordas y nunca cruzaban la calle, su vida se restringía a tomar el sol sentadas en la cuneta con una caja de Derby suave y luego meterse a comer alguna cosa y dormir. En el piso de arriba las mujeres tenían dos cuartos y en uno acumulaban recuerdos y maldiciones, mientras que en el otro acomodaron a Manuel por lástima, porque estaba en la ruina y muy flaco y desgreñado y alguna juzgó que tenía un agudísimo mal que lo llevaría a la muerte. Las mujeres encontraron a Manuel sentado en la cuneta una mañana y le pusieron la mano en el hombro. Una de ellas le puso la mano en el hombro después de decirle a la otra al oído, gritándole, que su hijo había vuelto del cementerio para hacerle compañía. La otra le dijo que era imposible, también gritándole al oído, pero ya el muchacho se había puesto de pie y tenía una cara jalada y pálida, apestaba a alcohol y no parecía traer nada más que la ropa puesta. Una de las viejas repitió que definitivamente era su hijo, porque Bartolomé era un borracho y vomitaba en la cuneta y este parecía haber vomitado el hígado. Carmen le respondió que pues sí se parecía, un aire, un olor a Bartolomé. El muchacho les tendió la mano como pidiendo limosna pero la limosna fue que una de ellas lo tomó de la mano y en pocos minutos estaba comiendo como un animal en una cocina apestosa y hacinada. Hundía toda su cara en la jarra de café y masticaba el pan añejo como si tuviera días sin probar bocado. La vieja lo miraba comer y fumaba dando gracias a Dios por haber mandado a Bartolomé de nuevo a casa, porque su escarmiento había terminado, era un escarmiento que en algún momento debía dar paso a un nuevo hombre que buscaría a su madre y no la dejaría nunca. Manuel se supo intensamente mirado y, como si el café y el pan lo hubieran despertado un poco o disipado las densas nubes etílicas de una semana, se tiró a los pies de la vieja y le pidió que por favor lo dejara quedarse con ella. ¿Cómo no te vas a quedar conmigo, Bartolomé, si sos mi hijo? Y Manuel se levantó del piso y miró a la vieja que otra vez lo agarró de la mano y subieron unas escaleras rechinantes. La otra vieja le daba golpes a una tele que mostraba todo en blanco y negro y muchísima interferencia, al percatarse de que subían se les puso al corte y los siguió. El cuarto está desordenado Marta, tenés que echarle una limpiada, dijo cuando empezó a subir las gradas y la otra le replicó que de ninguna manera ella sería quien limpiara el cuarto pues ahora que Bartolomé había aprendido la lección lo iba a limpiar siempre. Abrieron la puerta y apareció un cuarto consumido por el polvo y los arcanos secretos de lo inmóvil, las ratas ya habían aparecido en la cocina y aquí también chillaban en su huida insalubre. Manuel dijo que sí, que él arreglaría todo, que no tenían que preocuparse por nada y les dio un beso a cada una en la mejilla y les pidió que por favor lo dejaran solo para comenzar su ardua tarea. Las viejas se fueron, peleando porque no tenían cigarros. Manuel se sentó en el catre, la espuma estaba llena de polvo, apestosa, y se llevó las manos a la cara. Empezó a llorar a gritos y esperó a que alguna de las viejas viniera a tocarle la puerta para preguntar qué le pasaba. Pero ninguna vino y pudo llorar el resto de la tarde, hasta quedarse dormido con el peso de una semana despierto, una semana en que Lucas lo había arrastrado a la desesperación de no dejarlo disponer de su cuerpo. Lucas lo había vuelto esta escoria y lo había dejado sin nada, lo había derrotado de la forma más infame y simplemente había desaparecido sin decir una sola palabra.

La venganza, le dijo Lucas a Leo, empieza por el enorme hueco que me abrió con el puño. Leo se bebió la cerveza y le pidió que tuviera cuidado. Lucas ya había dejado de vivir en San José y estaba de vuelta con Julita y Carlos, destrozándose el estómago a punta de enojos e insultos. Manuel lo invitaba a su departamento al menos dos veces a la semana y aunque ya no tenía el bestial comportamiento de la primera vez, ni Lucas raspaba su glande hasta hacer sangre, el sabor de la muerte había entrado en los cuerpos como un silencio de viento helado. Bebían el vino de rigor y reían antes de irse a la cama, hasta que una especie de hastío de los miembros los llevaba de nuevo al vino y por último al sueño. La actitud atenta de Lucas, que no dejaba entrever sus preocupaciones frente a Manuel, lo convirtió en la compañía ideal. Manuel lo deseaba siempre y no solo

pensaba en él como un cuerpo genitalizado y desparra-
mado en la cama, con un gran hoyo negro dispuesto a
recorrer las sinuosidades del pene, sino como un vicio o un
sentimiento incontrolable. Se volvió incontrolable cuando
después de tres eyaculaciones dentro de Lucas, le dijo al
oído que lo amaba, y sí lo amaba, ásperamente, como a
los vicios y las condenas. Y Lucas, al escucharlo, al sentir el caliente rumor del semen recorriéndole las entrañas,
le respondió que él también lo amaba. La sombra de la
muerte, esa fría hacha que parte un tronco sobre el cráneo,
estaba acumulándose en las venas de Lucas y sus ansias de
llegar al telón final empezaron a volverse pavorosas. Una
mañana la plata del alquiler desapareció de la billetera de
Manuel y el propietario del departamento le propuso volver en ocho días para recogerla. Manuel, furioso, esperó a
que Lucas llegara esa tarde y entrara al departamento, con
su copia de la llave, para sentarle el puño en la comisura
de la boca. Lucas sangraba en el piso, mientras su novio
le recriminaba haberse robado la plata del alquiler, porque
bien sabés, pedazo de mierda, que nadie más que vos entra
en este departamento y sabe dónde está cada cosa, sos un
ladrón imbécil, demasiado imbécil. Lucas detuvo el lamento ferroso y se levantó con la mano puesta en la fuente del
sangrado: me la llevé porque vos me prometiste ayudarme
con la deuda de la universidad, con los créditos que debía
y me la llevé, cancelé la deuda, estoy libre... vos nunca me
dijiste nada, solamente la tomé, estaba ahí y me dije que
era esa la plata para mí —estaba usando la más ingenua y
desproporcionada de todas las excusas y el tono inocente
que intentaba ponerle al asunto era un recurso deleznable.
Manuel, por supuesto, sintió que había actuado de manera

precipitada como la noche de la violación. Intentaba apaciguarse a pesar de que sabía que todo este teatro para obtener el perdón no le salía nada bien a Lucas, pero tampoco había razón para no creerle, pensaba, porque después de todo él sí le había prometido la plata para pagar esa deuda y nunca le había indicado nada al respecto. Lucas le dijo que él se encargaría de cancelarle el alquiler mensual en unos días, cuando consiguiera la plata por sus propios medios. Al escuchar ese "por mis propios medios" algo se retorció en el estómago de Manuel como si lo pellizcaran, la sensación de furia volvió a embargarlo pero no contra Lucas sino contra esos medios que le traerían de vuelta la plata del alquiler en unos días. Preguntó que cuáles eran esos medios que usaría para pagarle la plata, aunque la pregunta misma era estúpida, pues Lucas se había encargado de inventarle muchas historias de sus tiempos de puto y cómo lo disfrutaba y cómo ganaba muy bien algunas veces. Las mentiras de Lucas no se iban volviendo una amenazante bola de nieve sino un velo, un velo tupidísimo pero elegante, un velo protector que rayaba en aura y en fuerza y lo pintaba ante los ojos de Manuel como una perpetua víctima de las circunstancias que no merecía más desaires. Lucas evadió la pregunta y salió dando un portazo, sangrando, mientras Manuel seguía gritándole desde detrás de la puerta, elucubrando escenas en las que miles de manos lascivas se hundían en el cuerpo de Lucas y lo hacían sudar y largas lenguas caninas iban desgastando su cuerpo hasta dejarlo diluido por siempre.

Estoy jodido, pensó Manuel mirando las gotas de sangre sobre el piso. Luego se preparó un té para tranquilizarse y se tumbó en la cama a esperar la noche sin poder sacarse de la cabeza los jadeos de los perros que esperaban por el apetitoso cuerpo de Lucas. Lloró mordiendo la almohada, lloró porque de nuevo estaba en la certeza de que lo amaba, como un depredador ama el instante en que los colmillos tocan el cuerpo minúsculo de alguna presa, y de que se había vuelto a comportar como ese maldito animal. Estaba sencillamente loco: las noches en que se dedicaban a complacer al otro y luego reír hasta el amanecer y dormir todo el día siguiente mientras la luz del sol iba planeando sobre todo el departamento, las conversaciones frente al vino en que se iban armando las vidas de cada uno hasta llegar a confluir en este momento como un argumento novelesco perfecto, todo lo recordaba Manuel con el cristal idílico del amor enceguecido. Los perros corrían en círculos en la oscuridad instalada en el apartamento, corrían jadeando y a veces riéndose y chuparon las gotitas de sangre seca. La escena del puñetazo se repitió: Lucas cayendo de espaldas y luego soltando el lamento y la disculpa. Es que era eso, una disculpa definitivamente creíble, una disculpa pronunciada por una boca que Manuel juzgaba sincera con él, absolutamente sincera. Porque no cabía en su cabeza que después de haber hecho lo que hizo, después de haberlo desbaratado y de que él lo desbaratara, hubieran vuelto a buscarse como piezas imantadas que se necesitan. Todo esto lo había urdido el amor mutuo, sin duda. Los perros ladraban con fuerza cerca de la cama, perdiéndose detrás de una sombra diminuta o de un movimiento ejecutado por la noche más allá del cristal de la ventana, y rondaban la carne que todavía no pisaba las calles. Manuel se puso de pie en la cama para hacerse una idea del tamaño de los perros y los empezó a seguir con la vista en la oscuridad. No podía permitir que se apoderaran del cuerpo de Lucas de la misma forma en que él lo hacía, un hueco se instalaba en su pecho y parecía ensancharse mientras se ponía los zapatos, aun sin encender ninguna luz, y salía a la calle.

Desde ese momento, después de buscar a Lucas para rendirse a sus pies en una deplorable escena, Manuel se dedicó a complacerlo sin importarle el costo que eso podría tener. Gastaba todo su sueldo en nimiedades y en alcohol, porque tanto Lucas como él eran capaces de ingerir una cantidad formidable cada vez que salían. A cambio de esa plata despilfarrada obtenía el cuerpo de Lucas, como si de una forma subterránea le estuviera pagando por sexo, aunque para él todo fuera cosa del amor. Manuel se había vuelto una marioneta de triste semblante y sus conocidos estaban notándolo, porque repentinamente se sintió solitario como un árbol caído. Alrededor suyo ya no corría el mismo caudal alegre del compañerismo de antaño que volvía agradable el generalmente hostil ambiente de oficina. Porque Manuel era un burócrata consumado y ahora, además de la rutina aterradora de la oficina, estaba dejándose absorber por el implacable delirio de Lucas. Se veían casi todos los días al anochecer y luego bebían hasta quedar listos para una violenta comprobación de la fascinación provocada por sus cuerpos, al día siguiente todo le pasaba la factura a Manuel: siempre llegaba tarde a su escritorio y ya había obtenido la segunda carta de amonestación. A la tercera todo estaría completamente perdido. Lucas brillaba como una estrella inmensa frente a él, no podía concebirse en un mundo en que no existieran las consecutivas noches de borrachera y sudor, no podía moverse, o al menos así lo percibía en su embrutecimiento, sin que la presencia, aunque lejana a veces, de su amado ladrón estuviera insinuándose. Pero el amado ladrón empezó a retorcerse como una larva que todo lo carcome sin perdonar. Todos los movimientos de Lucas se convirtieron en algo sospechoso: una mirada, un giro de la cabeza, un movimiento brusco para quitárselo de encima. Los perros de grandes lenguas volvieron a aparecer para seguirlo, no a Lucas sino a él, a través de las calles, día y noche, jauría de peludos acompañantes que le recordaban el peligro de haberse metido con un tipo como Lucas. Los ignoró y siguió sus sospechas de una forma velada, casi invisible, pues no se atrevía a hacerle ningún comentario que pudiera lastimarlo, ya lo había lastimado mucho físicamente, ya con su mano había profanado ese agraciado hervidero de fantasías. Manuel, tranquilo, él te ama, se decía mientras tomaba el café del desayuno mirándolo dormir en su colchón, piernas descubiertas, desnudo, como un semidiós vencido en cruenta batalla y él ahí dispuesto a levantarlo, dispuesto a devolverlo al fragor del combate. Pero el combate era algo tan ilusorio como sus sospechas, ¿eran realmente ilusorias sus sospechas? ¿Qué hacer si Lucas no era realmente Lucas? ¿Qué hacer si de ese cuerpo vencido, azotado por el calor de la noche, salía volando un buitre devorador? Después de todo él estaba volviéndose un fantasioso, un completo enfermo y la presencia de los perros lo confirmaba. Los perros se paseaban por el departamento y parecía que solamente él los notaba: frente a Lucas había estado uno, casi mirándolo a los ojos, englobándolo en el calor de su aura, y Lucas había seguido haciendo lo que estaba haciendo en el momento como si el perro sonriente no existiera. Él se alarmó, pensó en levantarse de un salto y golpear al sarnoso con un zapato, doblegarlo de una patada certera en las costillas pero se supo contener a tiempo porque si el amado ladrón no se había ni movido era porque no le importaba el perro o porque simplemente, para él, ese asqueroso animal no existía. Los perros fueron hienas la noche en que perdió el departamento por falta de pago. No había siquiera intuido la debacle. Esa noche Lucas no llegó, ni llegó al día siguiente cuando no fue a trabajar por sacar todas sus cosas a la calle. No tenía un cinco en la billetera, estaba en la completa ruina y la noche anterior, mientras miraba por la ventana esperando a que la figura del amante apareciera en algún punto, escuchaba las uñas rasgando la madera del piso y las risas constantes, en la calle también había una jauría furiosa que armaba peleas entre sus miembros y levantaban polvo y basura. Eran enormes y jadeaban. Habían atrapado a Lucas porque, definitivamente, no tenía ninguna esperanza de volverlo a ver.

Pero lo vio. Lo vio cuando estaba a punto de buscar la muerte en cualquier parte y de cualquier manera. Lucas apareció frente a él y sus cosas con cara de pánico y le dio un abrazo para consumar su venganza. La humillación terrible, el miedo que sintió cuando el puño cerrado de Manuel empezó a entrar en su cuerpo como un bebé que retrocede, se disolvió en el abrazo cargado de odio. Manuel empezó a llorar con desesperación mientras se sumergía más y más en el abrazo de Lucas, que le estaba diciendo que pagaría los meses de atraso, él, con su precaria economía, con su dinero fantasma, cancelaría la deuda y le ayudaría a subir las cosas al departamento nuevamente. Y así lo hicieron esa misma noche, después de que Leo llegara en un taxi con un bolsito negro en el que traía un inmenso rollo de billetes y se los diera a Lucas y Lucas al dueño del edificio. El dueño estaba reticente a pesar de la plata, como si el problema no fuera la plata que hasta ahora le había faltado sino Manuel. Manuel empezó a subir las cosas en un silencio de abandono y humillación, pues se sabía completamente pisoteado, en la ruina. Ruina que se confirmó cuando perdió su trabajo y definitivamente se dio por vencido. Seguía viendo a Lucas y Lucas seguía transfiriéndole, bajo las sábanas, entre sus velludas piernas, dosis de odio tan sutiles como el beso y la presencia de los cánidos infernales. Era cuestión de esperar a que el plazo del nuevo pago se cumpliera y él, como ya era su costumbre, no tuviera nada de plata y lo echaran, ahora de forma definitiva, a la calle.

Los perros fueron desapareciendo uno a uno, disolviéndose en los días, sobre la calle, detrás de las puertas, en la cama misma convirtiéndose en parte de las cobijas, ropa sucia. Manuel estaba planeando una forma de escapar, de no ver más a Lucas, de no seguir sintiéndose un pedazo de mierda adherido al cuerpo de un ser que parecía ser suyo y sonreírle, pero no, no porque había llegado la locura, la paranoia. Manuel bebía, Lucas le daba guaro siempre y él también bebía y Lucas parecía no prever su desaparición hasta que se vio consumada. Fue una tarde en que Manuel se decidió, borracho y desesperado, a tomar las llaves y salir corriendo del edificio para nunca más volver. Lucas encontró sus cosas dispuestas perfectamente, la ropa, los trastes sucios, la billetera, todo estaba en su lugar y lo único que no estaba era él. Manuel vagaba sin rumbo, como los perros desaparecidos, comprendiendo que las risas de esos perros no eran una burla sangrienta sino una advertencia, una advertencia de que el precipicio estaba cerca. Ahora que se habían ido y que había caído la noche, su primera noche en la calle, su primera noche a la intemperie, empezaba a extrañarlos pues se le ocurrían como una prueba de que aun podía salir algo en búsqueda de una figura en desgracia. Esa primera noche gastó los dos mil que traía en la bolsa en una bombilla de guaro que se bebió en un par de horas y le dio el impulso para seguir caminando. La ciudad cuadrada y espantosa parecía desvestirse ante sus ojos ahora que entraba de lleno a la masa de la desposesión y la indiferencia. La ciudad revelaba otras calles y su belleza nocturna y peligrosa empezaba a enredarse entre córneas y pieles que huían detrás de puertas en edificios agazapados en la oscuridad. Otra ciudad, otra ciudad menos luminosa y más caliente. Sentía el calor del guaro subiéndole por la garganta, y el revuelo de los transeúntes que empezaron a embestirlo como una contracorriente peligrosa casi lo hizo vomitar. Pero no se detuvo. De nuevo el sonido de los perros, chocando las uñas contra el pavimento, iba acompañándolo quién sabe desde hacía cuántas cuadras atrás. Trajo un poco de consuelo saber que esas hienas agoreras estaban otra vez dispuestas a destazar sus restos. Siguió andando hasta el sueño, hasta que una especie de manto translúcido, como agua a punto de evaporarse, lo llevó a dar de cara contra la superficie de esa ciudad.

Pasó dos noches así: de cara contra la superficie de la ciudad, luego, con el amanecer, después de haber bebido de botellas y manos desconocidas, ornato y sustento de la mutante urbe, una mano vieja se posó sobre su hombro y le entregó un cuarto en las entrañas de un sucio armatoste. Y Lucas lo encontró, como a través del ojo de los perros, siguiendo un rastro de muerte y odio, lo encontró en las

134

calles, de frente y asustado, una tarde soleada. No hablaron, no dijeron nada, bastó un gesto terrible, una invitación a volver al mismo sitio y a la misma hora y así lo hicieron. Y una, dos veces, atravesaron entre los pellejos de las viejas sordas y subieron al cuarto y estuvieron hablando tardes enteras sin tocarse. Leo veía salir a Lucas pero no para trabajar en el parque como siempre, sino para perderse en algo oculto, intenciones veladas ya estaban aflorando. Todo con Manuel había sido un mundo, una atmósfera entera de perdición y dolor, incluso amor, quizá un amor entre copas de vino, huidas, túneles carnosos y humillaciones tácitas que no acabarían ya nunca. Porque golpeaba más este suspenso, este temor infame, que el hecho de volver a encontrarse dentro de la locura. Y Manuel veía el ojo profundo de los perros mirándolo a través de la hendija de la puerta como una aproximación al abismo de la muerte. Desplomado de espaldas, perdido y ojeroso, decidió robar a las viejas la caja de la plata para emborracharse con Lucas. Habían quedado de verse en el mismo sitio y partir, pero él nunca llegó. Fue un martes en la noche y los martes muy pocas almas frecuentaban el bar y estuvo a punto de beberse hasta su propia sangre. Al salir estaba Lucas, sí, porque era él aunque le hablara como a un desconocido, y cuando intentó tomarlo de la mano no hubo forma de retenerlo y en intentos de retenerlo lo llevó hasta el cuarto y el polvo. Buscó el abrazo final que no le fue concedido, ya nada podía valer, era la última visita, el final en que se hincó frente a Lucas que era otro, no era Lucas, era más bien una máscara, un sitio extraño, poderoso pero vulnerable, un infame planeta delicado. El olor indescriptible del cañón se paseaba por su cara como antes se había paseado el pene de su ladrón, y lo tenía enfrente aunque no pareciera. El cañón, frío y cilíndrico como un conducto al olvido, escupió un escarabajo lacerante que le voló el cráneo contra el polvo, y Mercurio abrió la puerta del cuarto mientras creía escuchar uñas contra la madera que, como él, huían escaleras abajo despavoridas y al salir a la calle de la ciudad transfigurada, cargando con el alma y el desdibujo, creyó sentirse mirado, perseguido. Pero ya era otro, iba a ser otro. Tal vez nunca supieran nada, y si llegaba a saberse tenía dos escarabajos más en el tambor. Era esta delicadeza planetaria avanzando como un caballo a través de la noche sólida, no dispuesta a detenerse nunca, sin vacilar, tan solo andando con el revólver como seguro de muerte. El sol, a partir del día siguiente, empezó a iluminar periódicamente el cuerpo de Manuel. El cuerpo y los artefactos viejos y demacrados del cuarto que desde siempre fue su tumba. Abajo las viejas parecían haberse olvidado del inquilino, del muerto que había regresado. La venganza se consumó en esa imagen, en ese desencuentro del cadáver, cuerpo perdido en la piel de la incansable y abandonada ciudad.

Rumbo al otoño

La lluvia no paraba de caer contra el parabrisas mientras avanzaba, serpenteando entre la neblina, a través de las curvas del Monte del Aguacate. En una mañana de verano desde esta curva se vería el Pacífico, pensó mientras el movimiento pendular de las escobillas y los dos ojos rojos del carro delantero la obligaban a concentrarse en el espacio irregular comprendido entre un precipicio y una gran pared terrosa por la que corría el agua. Si el azar confabulara podía caer al vacío o quedar enterrada en un montón de lodo, pero el azar, o la vida, no era tan benevolente y ahora que había comenzado su viaje no iba a dejarla librarse tan pronto de él. Había dejado atrás una vida cerrada con llave entre las paredes de su casa y tal vez él fuera a buscarla, aunque no totalmente arrepentido, pero sí con ganas de verla, una contemplación lejana, guiada más por la necesidad de saberla presente que por algún sentimiento lindante con el amor. Se concentró en la carretera difuminada, en las luces que indicaban que el de adelante no le daba respiro a los frenos, y encendió el radio a un volumen feroz, con su disco de jazz clásico. Claro que podría escoger muchas cosas, podría visitar playas siempre y cuando pagara hoteles baratos, no importaba mucho eso. En las playas encontraría muchachitos dispuestos a acompañarla hasta su cuarto y seguramente no pedirían mucho a cambio, pues ella sabía bien que el placer iniciático domaba hasta las fieras más recalcitrantes. Solo necesitaba la tregua de la lluvia y el afinamiento de sus nervios que la hacían temblar de forma estúpida y no precisamente por ir manejando en medio de curvas, niebla y agua. *To want a love that can't be true.* ¿Pero qué es lo que viste en él? Todo un misterio, una lejana respuesta que se aproxima para volver a perderse, arrepentida, retrocediendo. A veces pienso que fue su rostro recortado contra el incierto resplandor de la mañana, su rostro inmerso en el olor de las guayabas que iba pisando sobre la acera o simplemente el esbozo tímido, la sonrisa imperfecta en ese rostro agujereado por el acné y el rechazo. No. Definitivamente es imposible responder a eso, es simplemente iluso creer que algún día lograré descifrar qué tenía él, por qué lo tenía, por qué solamente yo supe verlo como nadie. ¿Y el dolor? ¿Es el mismo dolor este de ahora, al dejarlo a merced de la soledad y la lluvia, que el de aquella vez en que murió tu marido entre estertores y almohadas? Por favor, por favor. Esas comparaciones son odiosas... Pero necesarias... Metió la mano en el bolso que estaba en el asiento del acompañante, la niebla parecía estarse disipando aunque la lluvia no mermara, y sacó un cigarro que puso entre sus labios, luego buscó el encendedor, abrió una hendija en la ventana y lo encendió. El dolor no es igual, jamás puede compararse uno con el otro y por más que me sienta culpable —algún día en la vida tenía que sentirme culpable por algo—, tengo que reconocer que Carlos me duele más, persiste, no se borra ni se va. Y tengo miedo de no poder quitármelo de encima ni con esta búsqueda ni con la muerte. ¿Hasta dónde pensás llegar? Otra pregunta sin orillas, sí, sin contornos. *Pity me, I need you. I know it's wrong...* Solamente pienso en que no hay posibilidad de un retorno y eso es justamente lo que me mantiene en marcha. Sí. Es reconfortante saber que no se puede volver aunque nunca se deja realmente todo lo que se quiere dejar. Poco me importa ya si termino en pesadilla o en paraíso, ya no estoy en condiciones de decidirlo y lo mejor de todo es que no me interesa tomar esa decisión. ¿Para dónde agarramos? ¿Por dónde nos estará esperando el fin? *I'm a fool to want you.* Hacia el mediodía ya asomaba el sol tímidamente entre las nubes y atrás, muy atrás, había quedado la niebla. Laura abrió por completo la ventana y el olor a tierra mojada y a costa le llenó los pulmones, alegrándola. Al atravesar el puente sobre el Tárcoles se quedó mirando las llamativas pantalonetas de un grupo de gringos que intentaban buscar a los cocodrilos entre la crecida y su cuerpo fue recorrido por el aire renovado de la carne. Claro que encontraría muchachitos y se los llevaría a la cama y los hundiría entre sus piernas con furor. Los pastizales a ambos lados de la carretera se veían truncados por lujosas construcciones comerciales que albergaban más y más gringuitos en pantaloneta, gringuitos casi translúcidos, quizá vulnerables y dispuestos a despilfarrar sus dólares en una vieja puta, lengua de la experiencia que los desvanecería sobre las sábanas y la brisa salobre. Su casa impasible bajo el día lluvioso seguía como un cascarón dormitante y los vecinos que pasaban al frente volteaban a mirar como esperando encontrarla. No había señales suyas en ninguna de las ventanas, ni siquiera la estridencia de la música hacía de la suyas bajo la lluvia y no era usual ver la casa tan callada. Claro que muchos habían visto salir el carro temprano y la vieron a ella metida en su vestido montarse y partir. Alguien hablaría del silencio de los perros, otro hablaría de lo peligroso que era dejar la casa sola de la noche a la mañana sin decir nada. Pero la respuesta sería la misma durante días y días: el silencio acogedor y dramático del inmueble abandonado, con dos periódicos tirados en el corredor y algunos recibos, ya inservibles, metidos en la verja.

El mismo día de la partida —como ya sabemos— Lucas y Carlos estaban invitados a una borrachera ejemplar en casa de Álvaro y Lucía y apenas se detuvo un poquito la lluvia subieron al carro del gordo para ir a comprar las botellas del preciado líquido. El centro quedaba como a trescientos metros pero el volumen de Álvaro y la delicada pereza de su compañera, sumada a los rostros expectantes de los hermanos, metidos en el asiento trasero, ameritaba que el viaje se hiciera en carro. Pasaron frente a las refrigeradoras y extrajeron cervezas y Álvaro compró dos litros de guaro y Lucía fue hasta donde los tomates se ofrecían bajo un fluorescente y llenó una bolsa y pidió al encargado de la carnicería un kilo de salchichón. Volvieron en el carro, acomodados apenas, ansiosos por tomar y comer mientras vacilaban. La tarde se iba extinguiendo entre espesos goterones, ya más espaciados unos de otros, y densos rayos que no parecían de luz, de nada. El carro se detuvo frente a la casa y el caño seguía crecido y el agua, formando un ovillo disparejo, se metía por la alcantarilla como cantando un conjuro secreto e inoportuno. Al pasar, de regreso, frente a la desolada casa de Laura, Lucas notó que su hermano se quedó mirando fijamente, como queriendo ver a través de las paredes, a través de todo, buscarla, hallarla en algún punto de esos muros que tan bien conocía su cuerpo delgado. Pero nada, Lucas le puso la mano en la rodilla y cuando Carlos lo volvió a ver le guiñó un ojo fríamente, calculador y cínico, como quien sabe que en sus manos descansan todas las posibilidades de la dicha. Absurdo, muy absurdo el hecho de que al bajarse Lucía por el lado derecho metiera su pie, uñas pintadas de rojo, densos vellos sobre el dedo gordo, en el caño abarrotado de basura de cocina (es decir cáscaras de frutas, pellejos de pollo, envoltorios varios) y agua llovida. Dio un grito entre risible y demoledor y el gordo reaccionó contrariado, callate, escandalosa, desde ya vamos a empezar a dar la funcia que tanto les gusta a los vecinos. Y la urraca: ¡voy a tener que bañarme! ¡Qué asco, Dios! Y él: sí, Dios, qué asco Dios. Y luego de que tardó veinte minutos con el pie metido dentro de un balde de agua caliente con jabón y espuma, mientras se bajaban ellos las primeras dos cervezas y ella una, solamente, porque estaba dispuesta a no quedar ebria esa noche en pos de la paz de pareja, pusieron a hervir abundante aceite en una olla y tiraron adentro jugosos pedazos de salchichón que acompañarían con el tomate ya vuelto ácido pico-de-gallo. Así estaba el día, creo que hoy se cumple otro año más del día, pero así justo estaba el día en que el tata, el tata de ustedes, se murió aquí enfrente con la cabeza hundida, cabeceando entre el agua llovida a raudales, como un caudal, como un montón de caballos de tierra negra, de tierra enojada: decía Álvaro, aunque no precisamente así, se lo decía a ellos, mirándolos a los ojos con un cigarro en una mano, humeando el cigarro, en la otra la birra abierta, con un poco de espuma y gotitas sobre el águila. Y Lucía en la cocina oyéndolo de perfil, viendo las miles de burbujas iguales que envolvían

141

la carne para luego desaparecer y luego volver a ser, nietzscheanamente condenadas, pobres. Lucía no se iba a meter en esa conversación de melancólicos y borrachos, porque ella no era así, no era borracha melancólica, era borracha festiva de las de cepa. Sacó los primeros pedazos de carne, los bautizaron chicharrones de salchichón con chimichurri y los comieron en gran algarabía alrededor de la primera docena de cervezas. Entonces, ya con un poco más de alcohol y de tiempo entre las meninges, Álvaro volvió a contactar los ojos de Carlos y de Lucas y retomó la historia de la cabeza de Francisco, padre de ellos, que murió así, en un día como hoy, justo como hoy y Lucía no me deja mentir porque ella y yo fuimos los primeros en verlo, lo vimos por la ventana y no lo distinguimos porque ya estaba oscuro y se había ido la luz. Tormenta de toda la tarde, un rayo en uno de los pinos de la Escuela Central que hizo chispas a los transformadores de mierda y se hizo la noche perfecta. Pero en medio de lo oscuro siempre pasa lo más interesante, siempre, siempre, y ese día todo fue más o menos así:

La mano de alambre de Lucía descorrió el cortinaje húmedo por tanta agua y sus ojos toparon con un bulto blanco tirado sobre la acera, entre los pozos achocolatados, como una bolsa de basura olvidada por los camiones municipales. Llamó al gordo, que encendía un cigarro metiendo la punta en la llama de la candela que desde el centro de la mesa circular proyectaba sombras animalescas sobre paredes y telas mudas. Las sombras del gato y el ratón se persiguieron en el cielorraso, entrecortando la luz que usaban los ojos de Álvaro para intentar descifrar aquello que sobre la acera estaba tirado. Le dijo a Lucía exactamente lo que ella pensaba: bolsa de basura olvidada esa mañana por los camiones municipales. Pero era una bolsa de basura opaca, las bolsas brillan con cada relámpago, bueno, su plástico en cada relámpago debería brillar y esta no brilla nada, como si estuviera maldita, dijo ella envolviéndose en la bata y buscando los anchos brazos de su encantador oloroso a tabaco, pues el frío ya estaba haciendo de las suyas en una noche que amenazaba con dejarlos a ciegas para siempre. Las sombras bailaron sobre adornos de vacas y casitas en que reposaban pájaros de plástico pegados con una enorme cuita de silicón caliente a balaustradas defectuosas de un papel marrón que simulaba piedra bruta. Esas casitas, al día siguiente, cuando hiciera sol (pensaba Lucía) se iban a vender a buen precio a las encopetadas viejas que se las llevaban para poner en las escaleras de sus casas de dos plantas. Un relámpago iluminó toda la calle y Lucía, acostada sobre la panza de Álvaro y pendiente de la ventana, desde el sofá sin relleno, estuvo segura de haber visto un brazo que salía de la bolsa. Cadáver, cuerpo descuartizado, asesinato nunca antes visto en estos sitios alejados de todo mal. Pero el gordo la tranquilizó con un jalón de pelos que la puso en la órbita luminosa de la vela y la obligó a buscar la paz en la contemplación de las sombras que ya se habían instalado en el zoológico del mármol negro. El gordo fue a ver a través de la cortina, nuevamente, pero lo único que vio fue el bulto blanco todavía inerme sobre la acera y el caño crecidísimo, como taqueado, mierda, mujer, vamos a tener que salir a destaquear el desagüe antes de que toda la acera sea un río. Traete la pala y las sombrillas que tenemos que hacerlo aunque sea a oscuras. Y salieron bajo sombrillas y con una pala endeble destinada a entrar en el agua turbia del caño, pero al irse acercando, al ir contorneándose

143

la figura, se percataron de que tenía pelos y el relámpago fugaz les confirmó que esos pelos formaban parte de una cabeza que tenía oídos y si tenía oídos seguramente tenía nariz y por la misma operación lógica llegaron a la conclusión de que tenía ojos y boca y que, naturalmente, debía ser alguien. Álvaro le pegó dos golpecitos con la pala, pero la cabeza seguía moviéndose al compás del agua y un fortísimo olor a alcohol les llegaba. Voltearon el cuerpo y se les reveló la tez morena de Francisco, haciendo mueca de carne podrida, de ahogado artefacto inútil. Lucía empezó a dar gritos, a llorar, y se disponía a ir bajo la lluvia hasta la caseta del teléfono público cuando su compañero la detuvo diciéndole que no tenía sentido, le pidió, en cambio, que fuera inmediatamente a avisarle a Julita y así lo hizo. Tocó la puerta con insistencia, con fuerza y la oyó bajar las escaleras, alguno de los chiquillos lloraba desesperando a los objetos y seguramente era por el miedo a la noche realmente noche, es decir, sin luz. Julia, Francisco se ahogó en la alcantarilla, venía tomado y...

Fue un suceso realmente absurdo que marcó el inicio de la melancolía perpetua de su madre y así lo pensaban ellos. El relato de Álvaro se interrumpió, Lucía había estado confirmando cada detalle, cada palabra y ahora se había levantado a buscar los vasos para servir el guaro. Los tres fumaban y Carlos se había dejado caer lentamente, casi sin percatarse, sobre uno de los hombros de su hermano. Pero sí, Julita tomó el suceso como la cosa más absurda que la vida le tenía deparada, porque salió como si todo estuviera bien, bajo su gran sombrilla de puntos rojos y miró el cadáver del hombre y con el pie alzó la cabeza y alumbró con un foco de baterías para comprobar que realmente estaba

144

muerto. Desde la puerta de la casa, con las medias mojadas, Lucas y Carlos lloraban llamándola. Miedo de la lluvia, miedo de la noche y de la luna escondida y de las chispas que esa misma tarde, como las abejas que habrían de marcar la fama de Álvaro, volaron por sobre todas las cabezas. Brindaron con un gran trago de guaro que les quemó la garganta y los hizo olvidarse de que otra vez estaba lloviendo. Carlos, en un momento, pensó en que su madre estaba sola, en que hoy se celebraba un año más de la muerte de su padre, que ninguno la había acompañado a la iglesia y que seguramente en este momento estaría llorando como una loca, maldiciéndolos como una loca, arrepintiéndose de haberlos parido por loca. Pero dejó que la imagen se le escapara en el claro líquido que volvía a verter dentro de los vasos ya usados. La voces eran como pegadas, empezaba a hacerse presente la embriaguez pesada de noche lluviosa, de vaho carcelario, que parecía querer cortarles la lengua con una tijera magnífica de puro oro. Julita estaba en la primera banca de la iglesia sin llorar, con un vestido negro y con un hijo en cada mano. Los ojos de la gente la abarcaban como se abarca un monumento olvidado, una viuda y sus pichones, una nueva viuda que en la primera banca de la iglesia mira la caja que contiene la absurda muerte de su esposo. Todavía le pesaba a Julita la cabeza de Francisco, como si ella, en lugar de él, hubiera tragado toda esa agua. Pero ya se había muerto, ya todo había quedado atrás y era así como tenía que pasar. Hablaron de nuevo de la muerte pero esta vez fue Lucía la que recordó un pesado pasaje fúnebre: Kevin envuelto en una inmensa capa de abejas dando gritos y golpes contra la tierra del año nuevo mientras todos, desde las ventanas y las puertas, lo veían morir.

Lucas estaba bajo el almendro. Lucía gritaba en la puerta, lo recordaba bien y Álvaro, empinando otro vaso con guaro, quemándose la garganta en pequeñas explosiones corrosivas, sintió el mismo terror atávico que ese primero de enero le había usurpado las gruesas carnes. Jamás podría superar la muerte del amigo en los aguijones, tal vez porque él mismo se sentía parte de esa legión de seis patas que lo fulminó multiplicada, como en una batalla que no admite pequeñeces. La borrachera, que ya se había colado por la celosía, espoleada por la lluvia y algo semejante al destino, lo hizo empezar a sollozar recordando a Kevin y decía, el gordo, que nunca jamás había dejado de sentir la presencia del idiota. Una vez, de hecho, Lucía y él lo vieron parado en la puerta del cuarto, en una mañana demasiado oscura, como la de hoy, lo vieron pararse justo bajo el marco de la puerta y sonreírles, con esa enorme mazorca que tenía por dentadura y simplemente quedarse ahí, mirándolos desperezarse y no era el momento del despertar, ese momento en el que las alucinaciones son rocas grandísimas presionando extremidades o apelmazándolas sobre la cama, no era ese momento porque ambos lo veían y sabían que estaba ahí y entonces Lucía le preguntó algo, ¿Kevin, amor, qué querés? Algo así le preguntó y la figura de Kevin solamente les dijo estoy bien, algo así. Entonces ella le volvió a hablar, le dijo que tenía que levantarse y ponerse el brasier, que definitivamente no quería que él le viera las tetas estriadas y colgantes, que por favor los dejara solos para vestirse que, en caso de que quisiera volver, por favor los acompañara a la mesa. Entonces Kevin dijo que sí, con un gesto decidido pero también resignado, triste, repitió que estaba bien, como nunca, disfrutando. Ya qué, ya está muerto, ya voló

146

con las abejas, dijo Álvaro pidiendo otra cerveza al tiempo que se percataron de que la maldita caja de Viceroy ya no tenía nada. Hubo un momentáneo pánico por la falta de tabaco que, sin embargo, se resolvió rápidamente pues Carlos se ofreció a salir corriendo bajo un paraguas, antes de que cerraran el establecimiento y volver con un paquete de cigarros. No, intervino Lucía, mejor dos, porque aquí nos vamos a quedar hasta mañana.

Laura se dejó caer en la cama del hotel con la sensación de la tierna lengua lamiéndole las plantas de los pies, entre los dedos, el comienzo de la pierna. Era una lengua molusco, una lengua mojadísima, una lengua placer que la abordaba con el infinito deseo de las desapariciones. La lengua pertenecía a un morenito, quince años, pelo crespo, nalgas de maravilla que ya ella había mordido. Reía mientras el moreno buscaba su profunda vagina con los dedos que ya ascendían por el muslo. En el centro del techo, cielorraso de reglilla con muchos túneles de comején vencido, la humedad hacía de las suyas y los zancudos sobrevolaban ambos cuerpos. Había llegado hasta un parque cerca del mar en que unos muchachos pateaban una bola, plaza improvisada, la noche costera los envolvía en un halo de hastío salino. Parqueó en la tierra que formaba un espaldón a la orilla de la carretera y se quedó contemplando los cuerpos sudorosos de los muchachos que le mandaban sus ojos como queriendo evitarla, sin lograrlo. Estuvo fumando mientras los veía, consumiendo el tabaco con la rapidez de su corazón al bombear la sangre y al fondo del paisaje austero de la plaza, la arena negra, poco atractiva, y el estallar blanco de la espuma en la oscuridad que le recordaba

147

la presencia inminente del agua. Por la tarde, cuando dobló hacia la izquierda y, a través de una brisa seca, le llegó el olor penetrante del mar, supo que había hecho lo correcto al dejarlo todo en nombre de una libertad última. Desde la cresta de las pequeñas olas se precipitaban camaleónicas sombras que no llegaban a la orilla en que los bañistas eran piedras opacas recibiendo el sol. Luego, avanzando ya entre las calles de la urbe costera, sorteando las más concurridas y el molesto ajetreo de las manadas de turistas, llegó a esta plaza. Una plaza casi sobre la arena. La bola ascendía y se dejaba caer sobre los muchachos y ella se dejaba llevar hacia ellos. Después de una hora y media, los muchachos suspendieron el juego y empezaron a despedirse pero uno de ellos, bajito, de cuerpo grueso y bien formado, se quedó haciendo tiros al marco sin red. Entonces se acercó y le hizo un comentario sobre el mar que ni ella misma supo entender, estaba claro que era una excusa y había servido solamente para atraer la atención del porteño que se volvió y le sonrió con poca timidez. Era locuaz, pues empezó a contarle una serie de historias sobre el puerto y sobre él mismo y sobre sus amigos y su familia y su colegio. Más animados, buscaron uno de los poyos resquebrajados que bajo las palmeras cercanas parecían perderse. Ya había más gente en los poyos, alrededor de la plaza, cruzándola para llegar al mar, y en la delgada franja de arena que antecedía al agua habían encendido una fogata al lado de un tronco viejo y una mano hábil ejecutaba acordes en una guitarra. Cuando se supo dentro del aura de confianza absoluta, metió la mano dentro de su vestido y sacó del brasier la caja de cigarros y ofreció uno al muchacho que lo aceptó de inmediato. Hablaron un rato más antes de que ella le mostrara las tetas bajo la luz amarilla del alumbrado público. Entonces vinieron a parar aquí, al hotel, y en el camino él había estado apretándole los pezones con sus dedos resecos por la arena. Ahora metía su lengua entre los dedos de sus pies y esos mismos dedos que antes estaban en las tetas le invadían la carne. Cuando finalmente fue ella quien lo tuvo a su merced, cuando metió el pene dentro de su boca como si se comiera un pez resbaladizo, pensó que desde ahora tendría que empezar a figurárselo todo como una pasión trunca. Todo este placer, toda la experiencia, todo esto no era más que una pasión trunca, desposeída de toda realización absoluta posible. Iban a cruzar por la mañana la puerta del cuarto cada uno cargando con su rostro complacido y ella dejaría al muchacho en algún sitio. El semen le embargó las muelas, se metió debajo de su lengua y ella lo increpó un poco por no haberle avisado nada, el muchacho sonrió y acto seguido la hizo acostarse sobre la cama y en un lapso de diez minutos era ella quien anegaba la cara del moreno. Durmieron apaciblemente, trenzados como si fueran una pareja que conviviera desde hacía años, se miraron de forma intermitente durante la noche: uno despertaba y veía dormir al otro. Lograron ignorar la gran cantidad de zancudos y el ruido de maracas y trompeta que desesperaba desde el primer piso del hotel, seguramente desde el bar. Al amanecer subieron al carro y partieron. Desayunaron en un animado restaurante a la orilla del camino y luego él le pidió que por favor lo fuera a dejar cerca de su casa, y ella accedió con gusto, incluso pensó que había sido un gesto absurdo en tanto que fue algo maternal. Habría bastado con darle la plata para que se fuera y listo, Laura, habría bastado con dejarlo frente al bus, pero no, nunca, para vos nunca. Recordó, mientras manejaba fumando y lo veía dormitar con el mar de fondo en los primeros tramos, que todo tenía que pensarse desde ahora como algo trunco, y toda esta provincia que abrazaba las aguas del Pacífico era un ejemplo de lo trunco, lo inacabado, lo inhabitable e incluso de lo inhumano. Las ruinas de estructuras abandonadas a la maleza, esas agujas, al sol espeluznante y a las manos forjadoras de grafitis. Ruinas de casas, ruinas de comercios, de hoteles, ruinas de un barco naufragado absurdamente cerca de la orilla, justo en el punto en que las olas mansas de este mar explotaban en la cara de los escasos bañistas. El muchacho dormitaba, era hermoso verlo dormitar con el mar de fondo. Ella lo despertó cuando estaba cerca del sitio que le había indicado y él la hizo meterse por una calle lateral hasta desembocar en un angosto camino de tierra y piedra suelta. Al fondo estaban la playa y el cementerio. El muchacho le pidió detenerse frente a una casa en la que había gente de sobra, en comparación con la pequeñez de la estructura, y se quedó mirándola, le sonrió: ¿tenés diez rojos? Ella sacó el billete de la cartera sonriendo, encendió un cigarro y esperó. Él bajó, al bajarse había entrado de nuevo en su atmósfera, en su charco, pues se quitó la camisa y mostró los vellos de su bien formado pecho, surcado por una cicatriz blanca en la que ella ni había reparado mientras lo tuvo en la cama y entre las piernas. Las personas que estaban en la pequeña casa lo vacilaron, alguna mujer le reclamó con un sonoro manazo en la espalda y pasados escasos minutos el muchacho vino hacia ella y subió de nuevo al carro, mostrándole la yerba y la pipa y pidiéndole que siguiera hasta la playa. Estaban cerca del mediodía y ella lo besó antes de verlo caminar hacia la playa, sentarse en la arena, ya lejos, y cargar la pipa para luego de un rato soltar una leve bocanada de humo. Encendió un Derby y puso de nuevo a Billie Holiday en la radio. Al verlo allá, sobre en la arena, se le ocurría que todo había salido a la perfección, todo se había detenido justo a tiempo y entonces le pasó por la cabeza la idea de que lo único que le faltaba a la vida era ese poder, esa decisión tácita, de detenerse justo a tiempo. El muchacho empezó a caminar hacia el agua, pero antes de empezar la caminata se había volteado y alzado una mano despidiéndose de Laura. Ella pitó dos veces y aceleró. Empezó a alejarse sin rumbo, como siempre, como nunca dejaría de alejarse, fue perdiendo poco a poco el olor del moreno, fue dejando atrás las olas y la arena, fue amarrándose a la idea fugaz de que esto realmente era estar de regreso en el limbo de la nada.

Después de que trajeron más cigarros y bebieron todo el alcohol en compañía del recuerdo de dos de sus muertos, se fueron apagando paulatinamente, como helados por la noche y por algo tremendamente parecido al remordimiento. Más o menos a las dos y media de la mañana, Álvaro empezó a gritar como un loco que no quería ver más el cadáver de Kevin acostado en el piso, justo a sus pies, lleno de abejas incapacitadas para volar, pero zumbantes. Lo veía ahí acostado, sonriéndole como un imbécil, como sonreía la mañana de su muerte, y alzaba la mano llamándolo, invitándolo a sonar la lata para alejar de él y de todos los presentes la masa negra de insectos bulliciosos. Lucía lo agarraba de los hombros, buscaba hacer contacto visual con sus pupilas perdidas, pero él la apartaba con fuertes empujones que la imposibilitaban. Atemorizada, decidió encerrarse en el cuarto mientras Álvaro seguía quebrando con sus anchos brazos las casitas de madera —nunca en su vida había dejado de venderlas— que ya no engalanarían escaleras de casas finas, y maldecía a Kevin y a la noche que ya estaba batiendo sus últimas fuerzas. Lucas y Carlos se habían ido hacía como media hora y Lucía estaba completamente a merced de la borrachera de su compañero. Cerró con llave la puerta del cuarto y se tiró a la cama, llorando bajo las cobijas, maldiciendo la hora en que habían adquirido el hábito de beber de esa forma. Lo escuchaba darse contra las paredes, rogar a Dios piedad para Kevin, rogaba a Francisco que se levantara del caño, que dejara por fin estos predios de mortales infames y ascendiera a los campos celestes en que todo sería renovación y bien. Lucía, desde el cuarto, le gritaba que por favor se detuviera, eran las dos de la mañana, los vecinos estaban despertándose. Julita había encendido las luces de la sala y había revisado los cuartos de Lucas y Carlos sin dar con ellos. Pensó que estarían metidos en la violenta reclamación ebria de Álvaro, se los figuró huyéndole al hombrón o tratando de controlarlo inútilmente para que no destruyera por completo su casa, pero no, no estaban ahí, habían decidido caminar un poco en medio de la madrugada, cuando las calles de Atenas quedaban a merced de sombras que eran siempre las mismas sombras, los mismos seres que se adueñaban de una noche que no tenía nada que ofrecer a los foráneos, sino solamente a ellos, los recortes perpetuos, en una especie de lenguaje cifrado entre recuerdos y señas de olvido. Los rótulos del mercado que conjugaban a muchos al mediodía estaban ahora palideciendo bajo la luz de unos fluorescentes invadidos por los insectos que la lluvia había liberado de sus

152

mazmorras. Sin pensarlo, solo caminando uno al lado del otro, identificando las señales de la noche, identificándose, a pesar de su soberbia juventud como recuerdos ya, como tremendos olvidos, siguieron la ruta que llevaba hasta el cementerio. Un viento helado había sustituido a la lluvia que todo el día invadió las calles, los caños, los techos. Una niebla densa pero deliciosa sirvió de excusa para la caminata que, por lo demás, podría resultar también útil para ir drenando el guaro y la cerveza del cuerpo a través de las repetidas meadas. Pero claro, al llegar al portón del cementerio lo encontraron amarrado con cadenas, las cruces estaban invadidas por la apacible tranquilidad que después de la lluvia las había rodeado. La humedad se enroscaba entre los azulejos y las flores que sobre los cuerpos podridos se marchitaban. Ni modo, dijo Carlos con acento de borracho, vamos a otro lado. Y empezaron a bajar la cuesta que los llevó a pasar frente al diminuto edificio de la Fuerza Pública, todo iluminado, con un policía fumando en el corredor y otro dentro, mirando el televisor. Saludaron al que fumaba y el saludo les fue devuelto con toda la apacibilidad que la noche traía consigo. En el camino Lucas recordó que hacía unos años Julita había estado intranquila por las historias que habían estado corriendo de boca en boca durante las misas, historias que hablaban de que una mujer se había vuelto loca la noche del sábado santo, después de la misa de Pascua, cuando bordeó el cementerio y pudo ver a Satanás brincando de tumba en tumba como un enorme conejo. Las orejas caían en el piso como largos paños destinados a barrer el polvo de muerto y la mujer empezó a rezar mientras caminaba y escuchaba los grandes pies del conejo aterrizar sobre las tumbas burlándose de la cristiana humanidad. Luego se volvió loca, todos realmente creían que Satanás era el culpable de que se hubiera vuelto loca y nunca más saliera de su casa. Lucas recordó la historia y también recordó que a Carlos estas cosas le ponían la piel de gallina a pesar de que fingiera lo contrario, de modo que empezó a contarlo con un tono pausado, lacónico. Caminaban y Lucas por momentos volvía a ver para atrás, como si el conejo los fuera siguiendo con sus grandes orejas. Carlos lo empujó y le gritó que lo dejara en paz, pero su hermano empezó a correr calle abajo, entre las cuadras del centro, gritando como un loco que Satanás lo perseguía y él, sin encontrar otra salida, se le puso al corte muerto de miedo, furioso. Quienes se los toparon en su carrera les gritaron insultos y estrepitosas risas que se perdieron en la lejanía. Cuando Carlos logró agarrarlo de los hombros y obligarlo a detenerse, habían llegado a la carretera principal, vacía a las tres de la mañana, iluminada por las luces de la gasolinera que atendía las veinticuatro horas. Los trabajadores los miraron con sorna, trasnochados, heridos por la pronta llegada de la aurora. Ellos siguieron caminando por la principal, Lucas sin parar de reír y Carlos sin parar de reclamarle su broma. Entonces Carlos lo agarró del antebrazo y se le acercó al oído: ¿recordás quién vivía en la casa de aquí? Y ambos miraron una acera doble, para un carro liviano, que ascendía hasta una casa de dos pisos en la pequeña colina al lado de la calle, ventanas oscuras, un leve resplandor en una de las esquinas de la casa: bombillo lleno de insectos como los fluorescentes del mercado. Lucas se soltó y siguió caminando, ya serio. Otro muerto se sumaba al clima de ultratumba de la noche, pues de esa casa había salido Moreira la noche que se pegó el tiro en el cementerio,

154

franqueando portones y tapias. Más allá de la casa, cruzando la calle, se adentraron por un camino bajo en el que todo dormía apaciblemente a excepción de los perros que salieron a reclamarles su presencia. Los dejaron atrás con gritos, piedras, zapateos y risas y llegaron a la urbanización sin terminar, abandonada antes de tiempo, que habían querido construir en el sitio en que hace unos años se erguía la vieja empacadora de fruta, un enorme armatoste de latas de zinc que se trajeron abajo los tractores en medio de un estertor metálico y el revuelo de palomas y murciélagos a plena luz del día. Era por esta razón que las casas vecinas llevaban mucho tiempo luchando contra la gran cantidad de palomas, roedores y murciélagos invasores. La urbanización fracasó por algún motivo incierto y dejaron atrás la planicie de este sitio para empezar a construir palacios en las montañas resecas cercanas al centro. No había nadie guardando la entrada: alrededor de una calle única de unos doscientos metros, se erguían algunas casas incompletas, a la derecha y a la izquierda, enmohecidas, consumidas casi por la maleza. Caminaron hasta la última ruina y entraron. Usando la luz de los celulares buscaron un sitio en el que fuera posible sentarse y una vez que lo encontraron apagaron las luces y encendieron cigarros. Lucas dijo que necesitaba contarle algo importante, algo relacionado con lo que voy a hacer de ahora en adelante, con mi vida, con todo, y es muy importante para mí que vos lo sepás. Pero nada de decírselo a mami, no me quiero imaginar lo que haría o cómo se irá a poner. Pero primero prestame cinco mil, te los vi en la billetera desde temprano y sé que a vos sí te sueltan más plata, prestámelos, más rápido de lo que te imaginás te los voy a pagar, es más, te regalo más si querés.

Carlos lo miró extrañado, dando una calada grande al cigarro y asintió con la cabeza, se sacó la billetera de la bolsa del pantalón y buscó la plata para dársela a su hermano. En la oscuridad, Lucas buscó la mejilla de Carlos y la besó largamente, sintiendo el calor y la salinidad del sudor que durante toda la noche había estado acumulando, Carlos se abrazó a él, metiendo su cabeza en el cuello y aspirando el mismo olor salino, el mismo presentimiento de definitiva destrucción. Se quedaron abrazados y él habló de nuevo, tras haberse metido el billete a la bolsa. Empezó diciendo que ya había dejado definitivamente la universidad, bueno, creo que eso ya lo sabías vos, ¿no? Desde hace tiempo que la dejé y entonces Leo me ha estado ayudando todos estos meses a conseguir plata, pero, Carlos, vos sabés que uno siempre necesita algo más que poder pagarse un almuerzo o comprarse lo que quiera, no sé, tal vez no me entendás. Leo me propuso un negocio que estoy seguro me va a dejar mucha harina y entonces vos, si querés, podés venirte conmigo y quedarte conmigo. Tenés que salir de aquí, siempre te lo he dicho, tenés que buscarte otra vida, otras caras con las que podás hablar. Carlos se zafó del abrazo y preguntó secamente de qué se trataba el negocio propuesto por Leo. Porno... una gente me quiere para hacer porno y ya hice casting, en serio que es bonito, uno piensa que va a ser un saco de nervios, una porquería, no sé, pero te juro que es bonito. Se levantó, Carlos, y empezó a desplazarse de un lugar a otro del apartado de la ruina que debía ser un cuarto pequeño, algo destinado a estar escondido del resto de la casa. ¿Vas a ser actor porno? ¿Te vas a acostar con maes todos los días, a toda hora? Lucas echó una carcajada y dijo que no, no tenía tanta suerte, o definitivamente no funcionaban así las cosas, al menos no por ahora. ¿Y cuánta plata te van a dar? No sé, tengo que esperar a mi primer trabajo formal, me entendés, algo que de verdad genere, que de verdad llegue a los ojos de la gente y la gente decida si me van a conservar en el negocio o no. Lucas se levantó y abrazó de nuevo a Carlos, acercándose a su boca, mucho, oliendo el tabaco barato que ambos fumaban, sintiéndose aunque no viéndose. Se besaron con fuerza y Carlos dijo que era una completa locura, que como siempre estaba haciendo una locura, pero qué te voy a estar diciendo yo nada, siempre hacés lo que querés sin preguntarte lo que puede pensar la gente que está con vos, por ejemplo yo, no mami, a mami le importás una mierda, pero a mí no. Lucas siguió buscando los besos, siguió buscando la complicidad de los cuerpos que después de la confesión se buscaban como sello final de un pacto, de fraternidad interrumpida, de una cotidianidad flagelada constantemente por las intromisiones de la muerte y el olvido. Por eso me tengo que ir, le dijo, me tengo que largar y empezar a trabajar con Leo y... y deshacerme de mis preocupaciones, incluso no quiero que me llamés Lucas, dentro de poco tiempo puede que tengás que llamarme siempre Mercurio, sí, como el planeta, como el metal, como la doble cara, como todo eso, como yo, así me voy a llamar. Tengo que irme pero por favor, por favor, Carlos, prometeme que vas a ir a reunirte conmigo, ¿sí?... Yo vengo por vos, lo juro, yo vengo y te saco de la casa y nunca más te dejo volver. Nunca más. ¿Venís por mí? ¿Cuándo venís por mí? ¿Pensás en mí? ¿De verdad pensás en mí, Lu...? Como sea... Yo no sé qué creer de todo esto, ni siquiera sabés si va a funcionar, si es un fiasco, una mierda. No podés decirme que vas a venir por mí. ¿Y me vas a dejar solo, Carlos? Así simplemente despidiéndote como te despediste de Laura, ¿la vas a buscar a ella? ¿Vas a llorarle para que te acepte de nuevo? ¿Eso es? Por favor no te dejés llevar por las apariencias, sí, yo sé que no es fácil hacerte a la idea de que voy a estar contorsionándome frente a un ojo mecánico... Ay, eso es lo de menos, es lo que has hecho toda la vida, Lucas, siempre has andado así: de cuerpo en cuerpo, de ojo en ojo. En lo que no confío es en el desenlace que pueda tener todo esto, en si de verdad vale la pena confiar en que vas a volver por mí... porque, ¿sabés? Yo también quiero irme, aunque tenga que dejar a mami sola, aunque me odie como a vos, no sé, necesito salir, dejar de ver lo mismo, sentir los mismos olores, las mismas caras, todo siempre lo mismo. ¿Ves? Tenés que confiar en mí, por favor. Nos vamos a ir, claro que nos vamos a ir. Lucas lo besó nuevamente, y Carlos le dijo que lo amaba, pero no como a mi hermano, nunca como a mi hermano, ¿sí? Lo sé, de alguna manera siempre lo he tenido claro y yo también te amo a vos aunque no del todo... no del todo así, como vos. Pero hay un sentimiento no rancio y creo que eso es suficiente para que confiés en que vamos a salir de aquí. Está bien... sos un malparido, un reverendo malparido si no me sacás de aquí, si no volvés por mí un día, le hago segunda a Moreira. Lucas lo obligó a callarse y empezó a desnudarlo en la fluida claridad que ya iba invadiendo las ruinas. Pusieron la ropa sobre el suelo húmedo y se acostaron allí, frotándose como reptiles desgastados en medio de largos jadeos que iban contaminándose de sol y más sudor. Buscaron cada cuerpo con desesperación, estimulados por la sensación furtiva de estar haciendo algo prohibido, realmente prohibido, como si nunca antes lo hubieran hecho, como si fuera la primera vez que se daban placer, sí, como si fuera aquella vez cuando apenas siendo unos niños descubrieron lo que era la fraterna sexualidad. Una fraternidad muy distante a la que unía al difunto Kevin y al vivísimo Álvaro que yacía en el piso de la sala con un gran golpe en la frente. Se había callado como a las cuatro y media de la mañana y Lucía estaba dormida desde entonces en un rincón del cuarto. Soñó, el gordo, que estaba durmiendo sobre una superficie suave, quebradiza, que parecía ceder ante cualquier movimiento perpetrado por su pesado cuerpo. Y aun así se levantó y comenzó a caminar a oscuras sobre la superficie, buscando lo que parecía ser una luz ambarina, muy, muy tenue, que marcaba el fin de toda la oscuridad. Sonaba como si estuviera pisando una gran cantidad de deteriorados caparazones o conchas muy débiles. La estructura tenía un olor indescriptible que transmitía tranquilidad pero también intrigaba. Siguió moviéndose hasta que pisó algo viscoso y con su mano tocó algo muy blando que se movió. Entornó los ojos, intentando ver. Imposible. Bordeó la cosa blanda, estómago vacío en la oquedad extraña. La luz ambarina parecía estar cada vez más cerca y estiraba su mano buscando apresarla, su brazo era de nuevo joven y delgado, como una rama que se estira, empezó a correr, tremendamente liviano, orgulloso de su jovialidad y de su destreza. La luz ambarina parecía provenir de una especie de abertura a la superficie. Un zumbido inmenso, profundo, lo obligó a detenerse, un zumbido que venía de muchas partes, un revolotear de alas, una amenaza incesante de venenos ocultos, de rencor dilatado. La luz había desaparecido detrás de millones de cuerpos de abejas tirándose de un lado a otro de la colmena, pegándose a las

159

paredes, buscando la salida para ir a las flores, alimentando a las ninfas, sirviendo a la reina. Se sintió aterrorizado, estaba atrapado dentro de un panal enorme del cual no podría salir nunca, tendría que asimilarlo como su ataúd, su merecido y natural mausoleo. Joven, radiante, Álvaro corría sorteando la amenaza de las guardianas, la alerta general del espíritu colmenar. Buscaba la salida inmediata aunque esta representara un salto al completo vacío, túneles, compartimentos que llevaban a la claustrofobia iban acercándolo a la salida, detrás de él las alas, el enojo, la orden de degollarlo como a todos los machos de la colmena. Lucía salió del cuarto restregándose los ojos, buscando desprenderse la goma. Los ojos ya de por sí estaban hinchados de llorar. Se acercó a la mole de su compañero y empezó a sacudirlo furiosamente, buscando despertarlo. Notó el gran golpe en la frente: se había dado contra la pared de cemento y de inmediato había quedado inconsciente, desde la madrugada. ¿Estará muerto? Lo mejor era fingir que no estaba sucediendo absolutamente nada, claro que no pasaría nada, ella se iría a la cocina y le prepararía el café, se sentaría a esperarlo y le diría: gordo, amor, ya está el cafecito... Pero Álvaro no parecía encontrar la salida de la colmena, aun cuando el café estuvo y Lucía lo llamó desde la mesa. Fue cuestión de tiempo para que Julita llegara hasta la puerta y tocara. Lucía le abrió llorando y Julita se quedó mirando el cuerpo de Álvaro que parecía realmente muerto en medio de la sala, como un enorme costal de paja. Hay que llamar una ambulancia, dijo, tiene sangre, ¿no ves?

Fue un viernes por la mañana, una semana después de los acontecimientos que movieron al barrio y que dejaron al gordo en manos de la medicina y la medicina le reveló que tenía un hígado deficiente, gracias al hábito báquico, y ahora tenía cirrosis y, por supuesto, iba a morir pronto. Lucas se levantó antes de que Carlos lo hiciera, porque la perra que lo había parido no era más que un obsceno manchón melancólico en el recuerdo y le importaba tan poco como su propia muerte. Así que empezó a meter alguna de su ropa en un bolso y también dos pares de zapatos y el rollo de billetes que había logrado sacarle a Leo en su última visita a San José. Estaba ojeroso, alentado porque a la mañana siguiente estaría en una cama, con las cámaras sobre sí, mirándose en un espejo tal vez, con un hermoso culo para él, para su dicha, para su venganza contra todo esto. Como un insulto a lo que auguraban las circunstancias apareció un sol que animaba a levantarse, entrando por las rendijas y las ventanas y animando la casa, justamente esa casa en que nada podía estar animado. Escuchaba los ronquidos de Carlos y mientras tomaba un paño para ir a meterse bajo la ducha, sintió la necesidad de entrar a su cuarto y observarlo. Eran casi las seis y tenía que apresurarse pues a las seis y media ella subiría y despertaría a su hermano para que fuera al colegio. Desistió de la idea de meterse a verlo, podía despertarlo y era la primera noche en una semana que realmente lo había sentido dormir del otro lado de la pared. Porque el pobre muchachito estaba entrando en una tristeza demasiado grande para su cuerpo gracias a la desaparición de Laura, a quien algunos daban por muerta y otros simplemente se la dibujaban en una enorme fiesta interminable; y por la inminente partida de Lucas.

Bajo el agua caliente y el humo que parecía manar de sus pies, recordó que apenas cruzar la puerta sería la persona que nunca antes había estado aquí. Ni en este baño, ni en esta casa, nunca, nunca había estado aquí. Sintió ganas de llorar pero se consoló imaginando una vida de porcelana y chillonas almohadas alrededor de su cabeza deseada por miles. Pensó en la lluvia de plata y en lo que iba a hacer con esa plata. Subió las escaleras a las seis y diez, ya había sonado el avemaría en la radio de Julita, debía darse prisa. Se metió dentro de una holgada camisa negra y se puso una enorme pañoleta morada, como una especie de turbante, en la cabeza, sus piernas quedaron perfectas dentro del pantalón de mezclilla y cuando estuvo completamente listo el reloj marcaba ya las seis y media. Agarró el bolso que había alistado y echó un vistazo, el último, el definitivo, al cuarto en el que había estado oculto durante veinte años. Olor a polvo, madera, noche sudorosa e infierno. Salió y puso la oreja contra la puerta del cuarto de Carlos pero no escuchó nada: si hubiera escuchado algo no habría dudado en tocar la puerta o simplemente entrar y besarlo con fuerza para largarse de una vez por todas. Pero nada.

Quiso el azar que justo en las escaleras la cara demacrada de Julita se alzara para dar con la suya, pálida, arreglada, húmeda. Se quedaron paralizados, como si estuvieran invadiendo terrenos, zonas temporales del otro que de ninguna manera podían ser tocadas, y menos por intrusos indeseables. Ella no pudo contenerse y preguntó que adónde iba, por qué tan temprano, digo, ya sé que nunca dice nada cuando sale pero al menos podría explicarme qué es esa ridiculez que lleva en la cabeza. Lucas le sonrió, le dijo que era un adorno, sí, total son cosas que usted jamás podría entender y para que no se preocupe por mí... bueno si es que alguna vez sintió que podía preocuparse por mí, yo ya no vuelvo más, encontré un lugar. Julita se apartó para que terminara de bajar y después de un rato en silencio, mientras él caminaba hasta la puerta, ella dijo: me alegro, sí. Y subió las gradas lentamente, como cada mañana de lunes a viernes, para despertar a Carlos.

La espléndida mañana parecía ofrecerse a Lucas. Los primeros movimientos del día se restringían a señores llevando pan, perros despertando del letargo de la oscuridad y gritos aislados, risas, una oculta emoción como de algo que después de muchísimo tiempo detenido encuentra el momento exacto para moverse. Sí, todo estaba moviéndose a su paso, todo estaba revelándose como algo nunca antes visto o nunca percibido. La marcha nueva que emprendía, a través de las ramas de los almendros agujereados por los tenues alfileres solares, reunía todas las desdichas y todo el amor que hasta ahora, curiosamente, había sido capaz de sentir. Y también, para qué seguir guardándolo, se sentía capaz de ver ante sí los cuerpos de los dos hombres que habían muerto por él, o tal vez no por él, sino por su intercesión, como si se tratara de una divinidad menor que se esparció sobre sus vidas, absorbiéndolas. Las busetas descargaban manadas de infantes detestables que iban a perderse en los portones del gran edificio de la escuela, algunos de los adolescentes que pasaron a su lado lo saludaron tímidamente, otros lo vieron con asco. Él deseó a todos, incluso a esos torsos que llevaban un par de tetas abultadas bajo un botón hipócrita. Pero el sol bailaba entre las bellotas de los pinos que adornaban el patio de la escuela y la nostalgia tenía cara de una cadena rota sobre la espalda, de algo muy parecido a la seguridad en ese cuerpo, en esa boca, en lo que esos ojos estaban viendo y en lo que a través de

163

la piel entraba, exigiendo su lugar. Moreira se quedaba, no iba metido en ninguno de sus pliegues, no iba a llevarse la idea de un cobarde, porque sí, fue bien cobarde pero también supo ser una gran aventura. No fue como Manuel, Manuel no fue tan ingenuo, tal vez solo al final. ¿Habría matado a Julita si el revólver que había dejado guardado en casa de Leo estuviera en su bolso cuando se la topó en las escaleras? Sí, por supuesto que le hubiera perforado el cráneo. Pero no, era muy impulsivo, muy impulsivo ahora que ya se sentía venir la ola de bocas llamándolo, gritando extasiadas su nombre, Mercurio te amo, Mercurio necesito todo ese cuerpo en mis sábanas, Mercurio tus ojos, Mercurio tus manos sobre la almohada, Mercurio esta ofrenda es para vos, solo para vos. Mercurio ya nunca más volvería a matar a nadie. Esas eran cosas hechas para el rencor cobarde de Lucas que ya se iba quedando atrás en la caminata mañanera. Mercurio partiría para siempre, Lucas tal vez no, porque, quisiera o no, era un fantasma de este lugar, el calor y la tierra lo habían moldeado, el viento de las navidades en que todo se restringía a una celebración espantosa que terminaba en llantos y golpes y demasiado alcohol. Adiós con toda esa mierda, Lucas, adiós, siempre te dije que cuando te decidieras a liberarte de todo esto tu vida iba a ser otra. Por eso tal vez sentís que es increíble el vuelo de las viuditas en su azul tenue, por eso te llama la atención el olor de las primeras frutas que exponen en el mercado o recordás con demasiada insistencia las flores amarillas que dotaron de vida por unos días el centro insípido de este lugar; por eso todo tiene otro matiz, como si toda la interrupción de tu miseria ya se hubiera quitado dejándome solo a mí, guiándote. ¿Sí? ¿Liberarme? Vos hablás de liberarme como si eso fuera posible. Es una operación de la nostalgia que ve todo con más sentimiento, que me sienta más inmerso en las cosas, como si por dentro de ellas, por dentro de cada objeto, de cada rostro desconocido, de cada piedra, qué sé yo, un lenguaje extraño vagara y me dijera que estoy diciendo adiós definitivamente. Antes de salir de casa, antes de hacerme a la idea de que ya era vos, de que vos ya no eras yo, tenía una oculta esperanza de volver. ¿Viste los pinos en el patio de la escuela? ¿Las guayabas majadas cerca de la primera esquina que tuvimos que pasar? ¿El ojo marchito de la mujer que barría? ¿Los ojos de Julia, los viste? ¿Los de Carlos, recordás los ojos de Carlos? Y aquí estoy, siguiéndote con cautela, eso no puedo negarlo. Es como si una duda terrible se instalara sobre las alas de una mariposa y aun así ella tuviera que seguir volando. Porque verla volar es hermoso, verla rondar una flor que se abre, verla rondar mi cara, aunque las temía, verlas rondar la flor y la cara con la duda de plomo sobre el delicado tafetán del vuelo. ¿Y la muerte, Lucas? Es que no te da la memoria para eso, no querés admitir que hasta ahora ese vuelo pesado aunque hermoso del lepidóptero estuvo marcado por ella. Todo fue siempre muerte, todo fue siempre un llanto de algo cansino, como si se llorara por el aire o por el sol que todo lo invade. Lucas, la duda de la que hablás no es más que el resultado de tanta muerte y la muerte no tiene otra forma de deshacerse, de ser vencida, que a través del olvido de ella misma. Así es. Si la muerte funciona con la memoria, si con la memoria la muerte no triunfa, con la desaparición de la memoria la muerte también desaparece y la única forma de inmortalidad que conocen los mortales es entonces la del olvido. Nada se queda, ni los pinos, ni las guayabas, ni todos los ojos marchitos o bellos, ni las dudas o el infinito placer de sentir que un animal delicado vuela cerca de tus ojos. Todo es muerte, todo es memoria.

La boca/el pájaro

Tenés una boca redonda como un hueco inmenso, una boca que gime desde la cama, una boca redonda y hueca, un hueco redondo y oscuro que gime y gime. Contra quién. Contra quién gime y se hunde en la tierra. Pero la tierra es tu carne: ¡fuera, maldito fantasma translúcido!, gritás. Es un demonio del fracaso o es un tiempo del fracaso que baila. Está bailando sobre tus piernas con un gozo desenfrenado. Baila y tu boca gime contra vos. Tenés una boca redonda como un hueco inmenso que no te quiere y le preguntás a tu boca por qué no te quiere pero no sabe responderte. Seguís escuchando los piecitos del demonio que baila y baila. Hay un foco, hay un foco que sobre tu cara se posa como el sol. Tranquilo, vos sabés que es solo la fase anterior a toda vigilia. ¿Boca? Solamente te acompaña esa luz y ese olor a cuerpo desnudo. Muy lejos de esa boca sentís que una extremidad se mueve y solo queda preguntarse si realmente es tuya o si ya definitivamente ha escapado hacia la espesura lumínica, hacia el mar de carne. Cerrás los ojos. Adiós luz, adiós. Un brinquito del figurín demoniaco lo hace desaparecer y no precisamente por haber cerrado los párpados con miedo, tengo miedo de todo este dolor, de todo este dolor que ya llega, tengo miedo de

167

un sinsentido inmenso, tengo miedo de todo este dolor y de toda esta luz que no me lleva con su mano, pero hay otras manos, ¿prolongaciones del dolor?, tengo miedo de todo este dolor en que navega un cuerpo que sí, sí, es el mío, pájaro, pájaro sin plumas ya, pájaro que atraviesa el patio en que nadábamos sobre la tierra suelta, bajo los naranjos, pájaro, pájaro sin plumas, bajo el naranjo Carlos y yo nos tiramos de panza sobre la tierra y hacemos que nadamos como nadan los reptiles buscando el inclemente borde de una isla, pájaro, aquí estamos: él es mi hermano y se llama Carlos, y aquí estoy yo. Entonces alguien viene desde una casa que seguramente es la nuestra pero no estoy seguro. No tan seguro como lo estoy de este naranjo y su fruta y sus espinas. Tiene patas de gallina vieja, tiene patas de carne quemada, de carne de mujer quemada y vieja y sin plumas, y viene hacia nosotros que de panza sobre la tierra suelta somos peces ya no iguanas, fracasados nadadores a la deriva del sol y la tierra: ¿escapar? Pero, ¿a dónde? Oh, pájaro, si tan solo esta lluvia de plumas que entre el ramaje gris del naranjo recordado se filtra nos dotara de alas para escapar a través del inclemente sol y el inclemente día. Aquí somos una vieja estampa de dos niños nacidos pobres como un pedazo de pan enmohecido. Ya nadie confía en nosotros y el naranjo nos tapa como un ave vieja e inmóvil tapa a sus pichones que ya sabe van a morir. Las patas de gallina vieja, ah, no eran patas de gallina vieja sino una hermosa madre que no recuerdo bien si es la misma que nos parió a los dos. Ya desde que nos parieron veníamos destinados a largarnos del mundo rumbo a la cama y besarnos porque somos hermanos y los hermanos como nosotros se lamen y se estrechan entre sábanas. Me levanta con su brazo poderoso y con su mano estampa una nalgada en mi carne de higo pegajoso, me suelta y me pierdo como una hoja seca y toma a mi hermano y lo levanta y su mano dibuja otra mano en su piel de higo pegajoso. Entramos a la casa mi hermano y yo y la madre. Entramos y nos sentamos a la mesa.

—Hola, papi.

—Hola, hijos.

—Hemos venido a desayunar con vos y con tu esposa.

Un inmenso golpe le dejó claro que ya estaba frente a frente con la muerte y con el último rincón en que sería capaz de esconder su cuerpo. Estaba atado de pies y manos a barrotes de catre herrumbroso. El ojo tenso empezaba a buscar una forma conocida, algo insinuado más allá de ese velamen de luz. Pero los brazos no pueden desaferrarse, las piernas no van más allá de unos pocos centímetros. Parálisis. Hay cuerpos obesos con testículos colgantes y ves los testículos colgantes, Mercurio, porque la luz solo te permite verlos de la cintura para abajo y tienen las vergas duras como leños y sus manos son un manojo de púas que pasan sobre tu rostro, hiriéndolo. Te desean con la furia de asquerosas ballenas hambrientas. Te desean como carroñeros buscando desaparecer los sobros. Sentís sobre todo tu cuerpo el embate baboso de sus lenguas y ya sabés que te entregaste. ¿Tenés miedo, perrita? Te susurra al oído una boca como caverna. Su olor es el olor de la mierda y te besa de una forma demasiado tierna como si esperara reanudar el temblor caluroso de tu piel aturdida. De nuevo hacés un intento desesperado por mover los brazos o las piernas, pero parece que tu peso es invencible. Un soplo lejano, el mismo susurro de los días pálidos en que nadie volteaba la cara. La misma incertidumbre de una ventana entreabierta a la tarde o al eco.

Ah, la primera mañana en que descorrieron las cortinas en el departamento de Leo para ver el implacable sol y la mañana alentadora. Ahí, separado por un vidrio del resto del mundo y del incierto destino, tu cuerpo se empezó a mover como una oruga torpe, imbécil, recién nacida. Con esos movimientos de obesa oruga, de inexperta lagartija desplazándose sobre un piso resbaladizo, encontraste que tu verdadera vida, esa que había estado guardada como dentro de una urna, funcionando como reliquia de museo, por fin había salido y por fin había tomado su lugar dentro del mundo y con ella vos, tu cuerpo. Leo te preguntó si estabas listo y dijiste que sí. La reunión, un éxito. Los ojos inmensos y negros del primer muchachito con quien te iban a grabar las cámaras, unos ojos de conejo, perdidos en un zarzal, huyendo del zorro, de las garras, garfios, de la lechuza. Entraste en el zarzal. Ojos luminosos de la lechuza acechante que se acerca en un vuelo circular, reposado. Buscaste el cuerpo del asustadizo en medio de las espinas y cuando por fin con tu nariz tocaste la punta de su pie y sentiste el olor eléctrico de su sexo, el vuelo del ave se volvió tan difuso y estéril como su presencia misma. Porque los vigilaba. La lechuza sabía que en medio del entreverado ramaje dos cuerpos se escondían, y ahí relucían las formas, entreveradas como el mismo ramaje, como la misma espesura de ácidas zarzamoras, batiéndose en el terreno de los genitales. Ácido como la fruta, el culo del muchacho de los grandes ojos negros sobre tu lengua y luego sobre tu glande, ambos mezclándose, sin amor, casi con odio, aunque nunca forzados de ninguna manera. Y mientras se quebraban las ramas y la lechuza empezaba a mermar en su acecho, las espesas blancas larvas abandonaron su pasividad. El aleteo frenético del ave empezó a cansarse, ya no valía la pena sobrevolar el zarzal invadido por los cuerpos empapados, y poco a poco empezó a alejarse su rumor de muerte y carne, pero no se borró de los ojos negros del muchacho extasiado el reflejo de los ojos amarillos de la lechuza lejana. Espinas y ácidas frutas. Los pasos sobre el zarzal, almohadas suaves y colchas blanquísimas ahora pringadas, espejos de agua o luz verde, de sol, finalmente se alejó el animal asustadizo hacia el chorro del baño y se limpió el intestino. Noche de birras con la Leo y Animalito, noche de birras como decir agua y festejo de pájaros sobrevolando la noche. Ventanas iluminadas en la madrugada les daban el respaldo de los vivos mientras atravesaban la ciudad como si fuera un bosque o una tumba larga, río. Animalito estaba ebrio, besaba el cuello de Mercurio, el más revoltoso. Mercurio con su pico como de colibrí en busca de néctar, pidió néctar pero el Animalito se negó puesto que ya todo se lo había dado. El abanico de la Leo, abanico de travesti dispareja, relumbró al abrirse como si viniera desde una esfera de luz y aclaró que la que necesitaba néctar era ella, de pico largo pero no tanto, de ala grande, bien torcida y caliente, de paso de flamenco en humedal. Se abrieron las puertas a la cama, el Animalito entró de nuevo en su zarzal ya no asustado sino buscando las espinas, sin el peligro del pájaro de grandes ojos de muerto. Leo y el Animalito estaban en la cama, desfalleciendo de placer, mientras Mercurio orbitaba en torno a la botella de whisky. Bebía uno y dos tragos. Bebía otro. Arrugaba un poco la cara y sonreía a la primavera, que ya mostraba el rímel en la línea que sobre las montañas apareció. Montañas a través de la ventana, iluminando los cuerpos desfallecidos dentro del zarzal. El whisky agotado no daba goma, no daba secona, no daba nada y Mercurio buscó su colchón, desnudo, al fin solo, para dormir el sexo y la borrachera como planeando sobre un inmenso valle floreado.

Una mano peluda y gruesa se posa sobre su abdomen y empieza a palparlo como lo hacía el doctor en las consultas de niño. La mano avanza en el abdomen y le transmite el furor del cuerpo que se excita al tocarlo bajo las luces enardecidas y blancas y las cámaras que graban. La cámara se mueve sobre el cuerpo de Mercurio, atado de pies y manos a una cama, planea sobre el cuerpo enorme y peludo del hombre que pone la mano en el abdomen, planea sobre los restos de orina que en el piso forman charcos. Todo describe una clandestina sala de operaciones. Los instrumentos médicos están en una bandeja bajo una luz blanca y una sola ventana, arriba, pegando casi al cielorraso, revela al ojo de la cámara y al ojo al que la cámara dota de visión que estamos en un sótano húmedo. Sí, una operación quirúrgica manchada del indómito deseo del cuerpo controlado por correas y miedo, por anestesia, por sueño acumulado. La mano busca sus testículos y al encontrarlos los ofrece a otro robusto cuerpo que los succiona, causando el primer dolor terrible. Los succiona hasta que la primer lágrima aparece, los succiona de forma violenta, como queriendo arrancarlos de la entrepierna. La luz que lo ciega no lo deja ver rostros, no lo deja ver a los verdugos. Un martillo es puesto junto a las sierras, cuchillos y tarros de alcohol y la mano que antes palpaba su abdomen lo toma. Golpea dos veces con el martillo la pared y la cámara enfoca los dos huecos que ha dejado. Se escuchan risas de aprobación, pasos. La cámara regala una imagen del cuerpo de Mercurio atado: sus piernas velludas, sus genitales también rodeados de un vello muy largo, el pene decaído, los ojos entreabiertos, el rostro cubierto de escupitajos, brillante, el cabello empapado en sudor. Respira hondo y rápido. El doctor obeso, con una mascarilla y el martillo en la mano, desnudo, erecto, restriega su pene contra los vellos de una de las piernas de Mercurio y sus dos compañeros, obesos también, empiezan a lamer la estela dejada por su miembro sobre la pierna. Vemos las lenguas recorrer el vello, el vello adherirse a la pierna. La imagen regresa a la boca, se queda en ella, la contempla, la devora: los labios finos dejan entrever dos dientes, la boca se mueve como implorando, volviéndose más deseable. Los labios resaltan en el contorno pálido de la piel, son labios rosas, labios como carne cruda que invitan a besar y morder. La mano toma la boca violentamente, la aprieta entre sus dedos, logra sacar un gemido al aletargado Mercurio. Sus dedos se aferran más a la boca, la jalan, la hacen moverse, la estiran. La cámara se aleja mientras el doctor alza la mano con el martillo y despedaza la boca de Mercurio.

Animalito despertó envuelto en una dicha ociosa, desterrada. Eran cerca de las cuatro de la tarde y los dos pájaros dormían en su mortaja de whisky. Se paseó entonces por el departamento de la Leo seguro de su dicha, encendiendo los Marlboro con una insistencia digna de mención. Sus pasos eran los del fantasma de la presa que buscaba la lechuza. Sus ojos ya habían absorbido toda la oscuridad posible, negros como el paisaje del murciélago. Los dos cuerpos emplumados dormitaban sin réplicas, sin moverse, sin nada, de modo que se acercó a la cocina y buscó algo para satisfacer el hambre y la pereza. Y se quedó así, mirándolos, devorando las galletas y viendo el atardecer del sábado entre gritos de autobuses y muchas semillas de gente que se marchitaba bajando una escalera, bajo un semáforo o al despertar. Finalmente el ala del flamenco, rosa y llena de agua, se atrevió a asomarse más allá de la manta que la cubría. Leo emitió un bostezo largo, largo, largo. Animalito sonrió y se acercó a la cama y le besó la mano y le quitó la cobija de encima. Gritó y le dijo que no, que no se atreviera a verla recién levantada y sin arreglar y la vio envolverse en la cobija y cuando iba a partir al baño le dijo:

—Abrime, me tengo que ir.

Juro que era la mejor parte del día, la mejor parte del terreno alrededor de la casa de la abuela Clotilde. Ahí, el naranjo envuelto en espinas y naranjas, algunas tan grandes como cabeza de niño, mía o de otros. Bajo el naranjo estamos Carlos y yo moviendo pies y manos, él un poco más pequeño, ambos desnudos sobre la tierra, empapándonos de tierra. Arriba de nosotros, además del cielo invisible, las ramas como nudos, miles de mecates que de un lado a otro van formando el frondoso espacio ocupado por los tres naranjos en fila. Y las cabezas de niño, verdes o un poco menos verdes, casi amarillas pero nunca del todo. Yo temo por mi cabeza, la veo colgada como un trofeo de una espina desmesurada que abandona el tronco y se convierte en brazo vegetal. Había venido aquella madre, nuestra o no nuestra, vino, nos levantó y nos llevó dentro y nos sentó a la mesa y nos dijo que era desayuno y saludamos al padre, nuestro o no. Ahora comíamos, afuera el sol, los naranjos y el brazo. No inocente, el brazo, pues forma parte del

174

cuerpo de ruda madera avejentada de uno de los Viejos. Los Viejos, así desde siempre, desde que Carlos y yo los descubrimos en una tarde de nubarrón de polvo y caída de grandes barcazas desde la enorme palmera. Uno de ellos nos vio escapar de la destrucción de la barcaza contra las piedras ásperas del terreno y escapar también del polvo, estaba en el nance, detrás del olor de la fruta apisonada por los transeúntes de siempre. Los nances se desvanecían bajo las suelas de las mujeres y los niños que frecuentaban a la abuela Clotilde. El Viejo, astuto y de ojos hambrientos, nos miró y dejó que sus brazos se abrieran más allá del tronco, más allá de flores, de frutos. Sus brazos se extendieron cuando nos vio venir y de la punta de sus brazos, que eran una bola de madera, emergieron seis largos dedos como ramas delgadísimas y de ellas cayeron los hilos. Pendiendo de las manos, invisibles a nuestros ojos, los hilos del Viejo del árbol esperaban para atraparnos, para adormecernos con una descarga de sueño, vernos palidecer como el pez desafortunado que en medio de los tentáculos de la medusa se convierte en escamas sin sol. La cara de Carlos se enredó en el filoso hilo y luego la mía y empezaron a sangrar nuestros pómulos y los hilos, adheridos a la carne, empezaban a acortarse, lacerando más la nariz, la boca. De nuestras caras, ahora, también pendían hilos, pues la sangre había vuelto visible la trampa del Viejo y sus hilos manchados se movían bajo el nance y el olor, con la inesperada e insalvable delicadeza de un veneno. Éramos marionetas bailando al ritmo del líquido sanguíneo, al ritmo de la risa de los Viejos de los árboles, que eran muchos, que aparecían riendo tras los troncos, en las ramas, emergiendo de nudos, de hojas secas, de ramas quebradas, oquedades

175

pobladas por demonios arbóreos a la espera de transeúntes desprevenidos, de sueños... Desde las ventanas de la gran casa de abuela Clotilde, Carlos y yo con las caras llenas de cicatrices, vigilábamos a los Viejos de los árboles, siempre al acecho, siempre soplando su fetidez sinuosa. Teníamos las caras deformes, deformidades que solo nosotros veíamos y el espejo no, ni la abuela Clotilde, ni la madre nuestra o no, ni el padre nuestro o no. Solo él veía mis profundas laceraciones, solo yo veía las suyas y nadie más. Desde la ventana, mientras la leve llovizna anegaba los restos de las barcazas, desperdigadas como inmensas hojas rojas de otoño en la planicie, lamentábamos nuestras deformes caras y escuchábamos atentos las risas de los Viejos, hilos pendiendo de cada árbol, incluso de los naranjos. Carlos y yo, desde la ventana, aprendimos a mirarnos las fisuras.

La imagen es de una boca con los dientes quebrados. La sangre mana por las comisuras, los labios inflamados, la mano con guante de látex que entra, iluminada por una luz muy intensa y saca muelas, restos del golpe. Mercurio ha perdido la boca bajo el golpe decisivo del martillo. Su sangre, nos deja ver la cámara, forma primero una constelación de pequeñas gotas en el piso que se van acrecentando conforme pasan los segundos. La sangre, entonces, venció la cama, venció los pliegues que no querían dejarla discurrir en su escapada final. Mercurio recuerda que su boca, subterránea y siempre dispuesta al amor pajaril, es ahora un hueco detestable, casi una cloaca. Su lengua, rota por los dientes que se quebraron, parece estar paralizada, inmóvil. El dolor intenso se combina con las manos que recorren su abdomen y recogen su sangre para embarrarla en los labios excitados del cirujano. La cámara ofrece la cara del cirujano embarrada de sangre en un primer plano: es rubio, de ojos claros, la piel blanca, una gran papada bajo el mentón. La sangre de la boca de Mercurio, viscosa por la saliva, se derrama sobre su boca y es recogida por su lengua, sus manos de látex embarran más sangre. Desaparece la cara. Los pies de Mercurio, antes finos como los pies de Venus abandonando el nácar son ahora los pies de un Cristo medieval atravesados por inmensos clavos. Los pies tiemblan, amarrados con gruesas fajas, mientras un niño de unos siete u ocho años, obeso también, chupa el dedo gordo y mira fijamente a la cámara como un animal pronto al sacrificio. Asciende la cámara por las piernas, el pecho sube y baja frenéticamente y las costillas parecen querer romper la piel como si se tratara de una envoltura despreciable y vieja. El cirujano, con sus tres ayudantes, todos blancos y obesos, incluyendo al niño, aparecen iluminados, mostrando sus rostros de miradas de piedra, las manos ensangrentadas, los instrumentos destinados a derrotar la belleza del cuerpo de Mercurio de una forma lenta y despreciable. La cámara enfoca los cuchillos de sierra, los bisturíes y alicates, los alambres. Pero la cámara no enfoca el olor a carnicería, el miedo dentro de los cuatro rostros, el arrepentimiento, la culpa indescriptible, las ganas de llorar porque saben que después de haber destrozado la belleza mercuriana, una fosa común estará esperando por toda su grasa. Se dispersan, el niño y uno de los hombres salen por la derecha y el cirujano y el otro hombre por la izquierda. La cámara se queda fija enfocando la pared.

¿Tiene el rostro desfigurado el amor? ¿Tiene la boca anulada? ¿Los dientes del amor recorren el esófago como carrozas de piedra caliza? ¿Tiene heridas el amor a lo largo de las piernas? ¿Está enfermo de sífilis el amor? Un pájaro escapó de las garras de los Viejos, voló desde el naranjo, sobre las cabezas de Carlos y Lucas. El pájaro, una boca recortada en el cielo, empezó a tararear y atrajo a los hermanos que desprevenidos esperaban dentro de una de las barcazas caídas, fósiles de palmera. El plumaje se deslizaba en círculos sobre los árboles del patio, escapando de las manos acechantes, obligando a los niños a mirarlo. Era un par de labios que volaba y se destruía en el vuelo y nacía del polvo o de la hoja. Al final del mundo, en un corte realizado con tijera, el sol se ocultaba desintegrándose, efervescente. Corrieron tras los labios. Corrieron a través de hilos cortantes, a través de naranjales bajo el amparo absoluto del pájaro. Bordearon un camino de tierra, bordearon una milpa en la que se escondían cuerpos devorados por los Viejos. Ellos nunca caerían en la trampa. El pájaro a veces se borraba, sí, pero renacía más grande, con un plumaje más intenso, de un negror espeso y terrible. El sol ya escondía su impaciencia detrás del mundo, se reducía al poco poderío de un dibujo hecho con crayola. Carlos y Lucas se detuvieron a la orilla del río, del otro lado del río la planicie calva y cruda. El tamaño del ave aumentó hasta igualar la de un enorme cetáceo plumífero y atravesó la planicie, dejando atrás el viento y el olor, los niños se tomaron de la mano, y al llegar al final del mundo, al llegar al final de todo, el pájaro se elevó como una boca, borrando la luz, dejando tan solo la oscuridad total de una boca que grita en contra de la tierra.

El oído/el insecto

Como una mano que reposara dentro de la cabeza, enros-
cada en el cerebro, girando en medio de las venas, reco-
rriendo cada grieta, hundiendo sus dedos dentro de cada
una, las seis patas empezaron a asomar a la noche turbia en
que descansaba el cuerpo de la madre. Asomaban desde el
pabellón de la oreja, saludando el cuarto. Una luz se había
encendido en el pasillo, algún pasillo había más allá de
la puerta. Alguna casa había más allá del pasillo. El niño
miraba la franja de luz bajo la puerta, la miraba fijamente
mientras del oído de su madre, al que apuntaba la luz
amarilla del foco, iban saliendo las seis patas. La ventana
se encaraba con la madrugada, se arrojaba hacia el terreno
falseado de la niebla y del árbol que ponía sus manos sobre
los vidrios. La madre despertaría en breve y ya estaba más
tranquilo. La madre era una caracola, un albergue para un
crustáceo. También podía ser que la madre fuera un oído
que reposaba. Cuando los pasos destruyeron la armonía
decidió que matar la luz del foco era la única salida y miles
de partículas luminosas se disiparon por el piso, perdiéndose bajo la cama, sobre las cobijas. Le pareció que las seis
patas retrocedieron algo turbadas por la falta de noche.
Los pasos se detuvieron y la línea se interrumpió, la línea

de luz bajo la puerta, y decidió, entonces, escuchar pero no ver.

Fue tal vez la sensación de soledad que el insomne experimenta en el filo de la mañana. La tenía clavada en el ojo, ya el ojo estaba a punto de derramarse sobre el escritorio del doctor, pero lo impidió la Leo que dijo que no importaba, todo iba a estar bien. Entonces estaba lloviendo. Manos sudando nerviosas dentro del consultorio. El ojo se contuvo, sintió un amor lejano, elevadísimo. Caminaron acompañadas de la lluvia: un invierno pálido y gordo, como un gusano transitando la atmósfera, como si el planeta fuera el capullo y finalmente las alas estuvieran despegándose. O desplegándose. Y había agua, llovía. Leo pasó su mano encima de la nuca de Mercurio, más blanco que nunca, tal vez por el miedo a la muerte. Detrás, más allá del amor o del triunfo, del fracaso inmenso, volaba un insecto gordo al que no afectaban los goterones.

Avanzada, dijo el doctor detrás del escritorio. Claro que tuvo chancros, ¿los tuvo, no? Los tuve, sí. Ve, los tuvo. Pero hace años, y las pomadas que quitan los chancros no quitan el mal. El mal no es la muerte, aunque se viste de muerte y es así, lentejuelas e hipocresía. Todo de pronto, como si nada. Abrieron la puerta del departamento, ¿cuándo me irán a pagar por los videos que he hecho? Y Leo empezó a doblarse porque era una caña abatida por el viento. Miles de cañas abatidas por el viento esperaban la lluvia que todo lo ahogaría, un segundo diluvio, tal vez. Estaba el cielo lleno de nubes, de la furia contenida de lo no desechado y sobre el mundo se proyectaba esa imagen. Leo estaba bajo ese cielo, en su postura apenas doblada bajo el viento, en el campo, con los pies removiendo una tierra no ajena, dedos largos como alambres y una flor larga, como un penacho, que si le hubiera crecido se le habría visto hermosa porque tomaba un color que le iba a los atardeceres de verano. Ni verano, ni flor, ni llamarada porque el agua. Todo entonces una reverenda mierda condensada en una gota de semen que tenía por nombre Sífilis. Avanzada, dijo el doctor detrás del escritorio. Mercurio estaba tendido en el sillón del departamento esperando un café o el aliento de las cañas dobladas ante la tarde. La caña más cercana amenazaba zafarse y volar, alambres abrazados a la nada furiosa. Un montón de garzas atravesaron el cielo como si muy cerca estuviera el verano. Fueron un montón de pañuelos blancos sobre el fracaso de la flor nonata, como un homenaje a lo no hecho, y llegaron pronto a los límites del cañal, pronto ya no eran nada, solamente el cielo que se movía dentro del cielo: tierra que se mueve dentro de la misma tierra, agotada. Un golpe de vidrio contra coraza. Un golpe de enfermedad sobre los nervios: sí, por eso le cuesta mantener el equilibrio, ¿sabe?, porque ha empezado a destrozarle los nervios, dijo el doctor detrás de su escritorio. Una lástima, toda estrella arde en su esplendor. La coraza era la de Sífilis, que se había quedado afuera sin que ellos se dieran cuenta y solo Mercurio la vio, chocando una y otra vez, del tamaño de un zopilote, una y otra vez contra el vidrio de la ventana. Pero Leo seguía con la cabeza hundida en el agua del tubo, como si ya afuera no existiera suficiente agua, suficiente ahogo. Leo no la vio chocar una y otra vez su resistente quitina. ¿Le abriría? Sífilis, desesperada, voló a una velocidad inconcebible y se adentró en un frondoso árbol de la calle, pasando el aguacero. La germinación de la gran larva del invierno. Sí, la muerte es lo más probable. Puede tratarse. ¿Cuánto tiempo?

La luz se enciende de golpe sobre la cara amoratada, sin dientes. Los labios son dos pliegues robustos que cubren el hoyo de la boca, ahora negro como un pozo. Las manos, látex, empiezan a masajear el rostro azotado por la muerte, los dedos entran en la boca produciendo el dolor que busca el lente. La luz se queda fija en la cara, destruyendo posibilidades, cercanías. Las manos del médico se quitan y su boca desciende para besar a Mercurio en la frente. Lo van a matar, teme. Es una muerte lenta, una tortura que será ofrecida a otros como propia, una tortura que es también venganza de lo deforme. Pronto será un monstruo desprovisto de vida, mancillado en el fondo de una escalera, bajo el piso. El niño se acerca, según nos deja ver la cámara, hasta el abdomen de Mercurio y deja caer en él su cabeza, como si fuera una almohada. Mira fijamente la cabeza de la víctima, se excita, se toca las nalgas con sus manos mientras mira y se recuesta con más fuerza al abdomen, caja de cartón vacía. La cámara desiste del niño y vuelve al adulto, al doctor, que muestra un enorme cuchillo de sierra, reluciente, al tiempo que sonríe y le pide al niño que se pare justo frente a él. Los otros dos gordos aparecen, en una escena fugaz, una reacción precipitada, y se abrazan los cuatro. La mole de carne se disuelve pronto y solo quedan, de nuevo, el niño y su padre y el cuchillo en la mano del padre, entonces el padre se agacha hasta donde su panza se lo permite, a la altura de la cabeza de su hijo y le da un enorme beso en la boca. Esto es un gesto de amor a la belleza, al arte del cuerpo que reposa y se exilia. El cuchillo se hunde en la carne del muslo de Mercurio, no mucho, solo

182

la punta que parece funcionar como un lápiz, dibuja. Los gemidos de dolor desaparecen bajo la punta del cuchillo y la sangre que brota, rebosante de enfermedad. Dibujan un signo, algo. Letra, consonante o vocal se impregna como un tatuaje en la pierna de Mercurio mientras el médico continúa transformándolo en un adefesio que no sobrevivirá. La cámara busca los rostros del niño y los otros dos hombres y los enfoca: miran con asco la operación realizada por la mano del líder y por la punta del cuchillo. Por su parte, Mercurio tuvo miedo, creyó que el cuchillo le iba a cortar algún miembro y ahora solamente debe resignarse al dolor de ser tatuado por un filo que se asemeja demasiado a la insistencia de la debilidad.

Sífilis entró por un agujero del cielorraso y se posó en la pared del departamento de Leo simulando una máscara viva, que se movía si se movía el día o la luna. Posada en la pared, Sífilis vigilaba el progreso de su larvario compañero, ya casi a punto de explotar, pues había aparecido en la puerta del cuarto y cuando intentó caminar hasta la cocina se fue de lado, cayendo sobre uno de los sillones como si fuera un animalejo de patas largas aprendiendo a caminar, casi placentario. Dentro del cuerpo de Mercurio estaban sus esperanzas, estaba su amor, avanzando a través de la sangre y acortándose con los días, o más bien tensándose, fuerte, para recompensar al final toda la persecución bajo la tormenta. Sus alas eran fuertes y oscuras, manchas blancas simulando calavera, *Acherontia atropos* proveniente como del Carbonífero. Se movía sigilosa pues había aparecido Leo y si quería ser fiel a su víctima debía mantenerse de bajo perfil, siendo máscara exótica en la pared abandonada. Mercurio maldecía un terrible dolor de cabeza y vomitó en la taza del baño mientras Leo, en la cocina, le preparaba un té de algo. Podía percibir el terrible dolor que sentía la estrella que nadie deseó nunca, su tristeza, su maldita melancolía. Entonces escuchó el golpe, como si un adorno sólido hubiera chocado contra el piso, pero Leo no alcanzó a ver su cuerpo negro y prehistórico porque salió corriendo hacia el baño para encontrar a Mercurio lamentándose, con un golpe visible en la frente, cortina de peces multicolores encima. No podía creerlo, no podía hacerse una imagen cabal de su desgracia. Salir de Atenas buscando la mina de oro y no llegar a nada, no llegar ni siquiera a tocar la plata que valían sus nalgas. Leo, todo es por vos, estúpida. Ya le había reclamado desde que se negaron a pagarle, nada, no valés nada. Entonces en las primeras noches ascendía por una escalera que desembocaba en una planta muy lujosa, un salón grande en que lo esperaban muchas personas sentadas en largas mesas, manteles blancos, sacos, corbatas, escotes, collares, arañas de cristal. Ventanales al fondo, mostrando el final de una tarde anclada, las hojas de un irreconocible árbol de flores naranja, sin arreboles. Avanzaba entre aplausos y guiños, avanzaba hacia una silla posicionada al final de la gran mesa, de una de las grandes mesas. Todos seguían su paso, todos, sin excepción. Cuando se sentaba en el pequeño trono los aplausos cesaban y los ojos eran fríos lagos, charcos disecados. Empezaba la ceremonia de festejo de la comida, avanzaban guantes con platos, avanzaban los platos sobre la palma abierta del guante que lo sostenía y su recorrido terminaba justo en la mesa. Todos devoraban el aire, devoraban la invisible comida y lo miraban con los fríos parajes dentro de la pupila. Él sentía entonces el repudio velado, lacerándolo. Todos esos ojos que lo deseaban estaban comiendo aire con tenedores finos, la tarde anclada tras el ventanal. Leo no estaba, nadie estaba, todos eran una presencia imposible. Los ojos parecían decirle que tenía que huir a toda costa, sus gemidos aparecían en las mentes, en los ojos. Porque lo amaban ahí, en los gemidos, en la cama, con cuerpos distintos, piernas abiertas recibiendo. Aquí no, no aquí en el banquete del aire en que todos morían de hambre porque nunca les había pagado lo que prometió. Todos miraban, fingiendo comer. Todas las veces que subió las escaleras hacia ese segundo piso una mujer se acercaba en el momento de máxima tensión y le susurraba lo mismo al oído. Entonces él empezaba a desnudarse en medio de las dos mesas para invocar a la masturbación. Todos ahora miraban con agrado el miembro de Mercurio inflamado por la vista, por el deseo ajeno que soplaba como las corrientes marinas hinchando las velas. Él escupía un luminoso hilo de saliva sobre su glande, ahora inmenso, rosado, y empezaba a frotárselo mientras todos comían. ¡Que gima! ¡Que grite! Sus dedos envolvían su voluminoso glande, una cabeza pegada al pene. Sentía que lo iban a matar, que no estaban satisfechos, los tenedores continuaban su repiqueteo contra la blanca vajilla traída por los guantes. Alguien pidió que se pusiera de cuatro patas en el piso y enseñara el negro culo, sin pelos. Así lo hizo y todos aplaudieron, el glande seguía aumentando su tamaño, como una bomba que se infla pegada al tubo de agua. El culo miraba a todos los asistentes a la cena, a todos los que aclamaban ese divino orificio vacante de Mercurio que todos querían perforar, que todos soñaban con tener entre los labios. De pronto su glande explotó. Un placer inmenso al ver pedazos de blanco semen, leche cortada, estrellándose contra los rostros de los ávidos comensales. Hasta los niños asistentes disfrutaban la explosión del orgasmo, y se formaba un carnaval en torno al cuerpo rendido, el divino Mercurio había cumplido con la promesa del placer. Giraban alrededor como invocando a un demonio, aquelarre. Grandes y pequeños rodeaban al masturbador como si fuera la divinidad más grande y tímidamente, a veces, le besaban los dedos o recogían, los más afortunados, un pedazo de semen del abdomen. La tarde seguía anclada y poco a poco se iban retirando, dejando su admiración en el salón vacío. Mercurio era por fin el ser amado y deseado, el ser único, el que siempre tendría a disposición los ojos de todos los asistentes a la onírica cena. Se aproximaba a la ventana, embarrado de su placer, y contemplaba la tarde que nunca iba a dejar de ser tarde. Oscurísima, vacía. Al abrir los ojos siempre estaba frente a él, hecha de polvo de ala, la calavera amarillenta que se encargaba de disipar con insistentes manotazos. Bebía café frente a Leo y le contaba la cena y su explosión. Luego llamaba por teléfono a Carlos y lloraban sin decirse por qué pero sabiéndolo: fracaso, todo, un rotundo y macabro fracaso. Dormía a cada rato, insinuaba la enfermedad, insinuaba el mal y la decisión que lo llevaría hacia su fama, o lo que él pretendía iba a ser su fama. Leo no lo supo nunca hasta el día final que le abrió la puerta y lo dejó partir, simple, un amigo yéndose pero para siempre. La calavera, una vez disipada, empezaba a oler: carne quemada, algo premonitorio, una quema como las del verano en el estañón metálico. Extrañaba todo.

El símbolo que quedó en su carne no decía nada. Era una raya de sangre coagulada que solamente parecía querer formar un signo conocido. Ya la punta del cuchillo había huido dentro de la mano del médico, su filo perdido, su temor, metal frío, ya dentro de la pierna de Mercurio. La cámara se alejaba y todo era borroso, figuras en batas blancas, delgadas, entraban en una escena y trajinaban sobre el cuerpo de Mercurio y luego la cámara volvía, dejaba su cueva, dejaba de ser una morena temerosa y su cuerpo se injertaba otra vez en el mundo de la transformación. Las manos, con delicadeza, trabajaban sobre la boca despedazada: una aguja reluciente, contra la luz, se dejó hundir dentro de la boca y el gemido fue predecible. Luego las pinzas sacaron dientes que ya la carne había asimilado como suyos y la cámara estaba ahí, en la boca, los dedos en la boca que la cámara vitalizaba. Los dientes iban siendo puestos en una bandeja de aluminio que sostenía otra mano anónima y cuando estuvieron todos en la bandeja, cuando la boca no era más que una carnosa abertura de un cuerpo, sangrando, las manos se alejaron, esperando la coagulación. Mercurio se quedó en la oscuridad del dolor y en ese dolor discontinuo, hormigueado por la anestesia, funcionaba su mundo de esperpentos inverosímiles, porque Carlos aparecía bajando una escalera enorme para llegar hasta él, saltando sobre sus patas de ave, largas y quebradas, moviéndose rápido escaleras abajo para llegar a Mercurio y abrazarlo como si se tratara de una rama, una rama perdida en el inmenso follaje dominado por los tiránicos Viejos de los árboles que seguían evitando el vuelo del pájaro y la libertad de los niños. Los niños, ellos. Caía una enorme hoja, un barco enorme abandonaba las olas de la ventisca y se hundía en el profundo y abisal patio. Saltaban dentro y del aire colgaban los hilos como telas de araña. Las manos de los Viejos estiraban sus dedos y los hilos y de cuando en cuando una explosión de plumas demostraba que un ave desprevenida no había podido evitar las guillotinas. Estaban escondidos dentro de la embarcación recién caída. Para eso Carlos bajó las escaleras, rápido con patas de pájaro. Llegó a él y llegaron a la barcaza ya sin las patas. Si buscaba la mano de Carlos tal vez volvería a mirar hacia las nubes y la barca anduviera. Pero solo tal vez. Afuera de la barca las risas de los Viejos les recordaban que el mundo era el sitio más hostil: lleno de imbéciles desparramados en abrumadoras cantidades. Mercurio azotaba el recuerdo desde la camilla y dormitaba en su propia barcaza. Sabía del dolor porque todo era dolor en él, intentaba volver a la superficie que llamaban vida, como un montón de magma que asciende. Todo era inútil. Entumecido, adormilado, siempre doliendo, el cuerpo no respondía. Entonces de nuevo sintió que las luces se incendiaban sobre su cara y descubrió que estaba de espaldas, tirado en el zacate de la cancha de fútbol un lunes después del colegio, con Carlos al lado. El sol los detestaba y buscaba prenderles fuego desde todos los puntos. Bajo el zacate había un deseo de muerte, la tierra se había infectado de la cabeza podrida que estaba cerca de ellos. La cabeza se había abierto al caer, como una fruta. Olían las entrañas de la cabeza pero se quedaban sobre el zacate, buscándose inútilmente sobre la muerte. Carlos se levantó de pronto, abandonando a su hermano y corrió con todas sus fuerzas hasta donde estaba la cabeza y la pateó, pringándose la cara y todo el cuerpo con la pestilencia de los inanes. El olor que antes atendía su nariz casi de soslayo, estaba ahora adhiriéndose a su piel, lo estaba abrazando como una inmensa araña. Su hermano se levantó para ver lo que sucedía pero de nuevo la pestilencia lo impidió, el sol hizo hervir los ojos en sus cuencas y todo fue un sonido de lamentos, de gritos, de arcadas y un olor a vómito, a decapitación. El médico obeso enfocó la luz sobre su cara y la cámara vino, su cara estaba deshecha por la hinchazón. El cuchillo de sierra volvió a aparecer y la sonrisa en la cara del médico fue inmediata. Los otros acudieron a lamer pies y muslos, ahora llenos de extensas cortadas en líneas hasta los talones. Las lenguas recorrían la piel demacrada mientras las manos de látex tomaron una oreja y empezaron a rebanarla con la sierra del cuchillo, el cartílago crujía frente a la cámara, Mercurio estaba retorciéndose sobre el zacate de la cancha, llamando a gritos a Carlos. No se veían, se escuchaban, todo el sol y toda la luz para un par de ciegos dentro del dolor, dentro de la soledad. La primera oreja cayó en el suelo y las manos pasaron a la otra sin pensarlo dos veces y la operación comenzó a repetirse. Se habían rendido y lloraban de espaldas sobre el zacate, y sabían que era zacate por el olor dentro de los otros olores. La tarde era hermosa, sin duda, y lo seguiría siendo a pesar de que ya nunca estuvieran el uno al lado del otro sobre el zacate de la cancha. La sangre bañó la segunda oreja y se acompañaba de leves movimientos desesperados de Mercurio. El miedo y el dolor ya lo habían vencido por completo y le pareció que era el momento para reclamarle a Sífilis su falta de fuerza, su falta de determinación que le impidió mostrar la calavera en todo su esplendor y llevárselo pronto a puros alfileres clavados en los nervios. Pero Sífilis no respondía, ya no. Estaba quieta en una esquina, en alguna esquina de algún cuarto, vigilando otra larva, mirándola sufrir con una levedad maligna. Mercurio, sin orejas y sin boca, creyó que todo estaba por terminar pero no fue así, pues de nuevo entraron los médicos que la producción llamaba verdaderos, los médicos que accedieron al fajo de billetes y a la diversión de ver un cuerpo transformado, retrocediendo. Pinzas, hilos, agujas y manos delicadas bañadas en alcohol sobre las orejas amputadas y sobre la boca que estaba dando problemas. Había fiebre, pronto habría convulsiones. La aguja se enterraba en la carne y detrás de ella el hilo se sumergía. Manos con algodones empapados de alcohol recorrían las heridas de las piernas y todo se iba impregnando de una luminosidad digna de una morgue. Lo metálico y lo muerto y lo implorante. Lucas había devenido Mercurio y ahora todo devenía la primavera del dolor: las flores estallando en purulentos botones y las aves enfermas y las abejas que anidan en cuerpos y detienen corazones, todo, todo, los lagos infectos que resguardan bestias, los subterráneos refugios de insectos y demonios y cuerpos vueltos pedazos de una historia nunca escrita. El dolor vagando por un campo de flores, sobre las nubes y bajo las nubes, el dolor vagando sobre un caballo pequeño. El cuerpo despedazado en plena primavera, cuando el sol revienta de colores, el oscuro tono de las arterias y su torrente, el amarillo de las costillas, el rosa veteado de negro que reina en los pulmones adictos, el rojo vivo de las paredes estomacales que resguardan una úlcera, el podrido ano que se regodea en los restos de excremento, lo no removido, todos los colores bajo la primavera que Mercurio inaugura con su fuerza: detiene las nubes, a su espalda los bailes, el desdoblamiento de la ninfa, el poder de lo que renace, de lo que siempre queda detrás de un impedimento.

La línea de luz bajo la puerta mostraba dos intervalos negros y el niño se dijo que eran dos pies. Algo, alguien detenido. La caracola maternal seguía dormitando mientras la noche se rasgaba contra un ramaje y de su orificio empezaron a emerger de nuevo las seis patas. Detrás de la puerta no se movían los pies y como ya la luz invadía, el niño decidió levantarse e ir de nuevo hasta el oído. En el oído estaban las patas, la puerta empezó a sonar como si alguien la estuviera abriendo lentamente, como si todo el tiempo del mundo estuviera dilatándose para que nadie viera lo que habría de salir de la oreja. Puso sus manos en forma de cuenco, para recibir el cuerpo que ya mostraba antenas y un par de alas que estiró antes de caer. Era un insecto negro y enorme que había vivido demasiado tiempo en la cabeza de la madre y ahora, creía el niño, no cabía la menor duda, su madre había sido siempre un refugio para males. La puerta se abrió entonces de golpe, el punto onfálico del tiempo se deshizo, y la abuela Clotilde gritó: ¡Julia, es tardísimo!

La piel/los mares/los ojos

Me encanta soñar con el mar que es los mares. Los mares que son tantos como pueda mirar ese ojo raramente onírico, indescriptible e intenso, morador de un punto ciego. El mar se ablanda ante mí, gira dentro de su cuenco y surge, indetenible, disparado, hacia mi cuerpo. ¿Cuándo fue la última vez que soñé con el mar? Hay un mar disfrazado de furia, en el que explotan por aquí y por allá inmensos cadáveres, inmensas olas, y nadie se inmuta ante su furia y creo que justamente por eso el mar continúa aumentando su caudal y su enojo. Veo un grupo de bañistas jugando con una bola y no soy capaz, no es capaz mi ojo, de darles contornos. A ver, ¿cuántas veces estuvimos en el mar? Tal vez dos o tres. Dos o tres veces son suficientes para que por siempre se quiera llegar al mar, para que todos los caminos quieran llegar a él. Una orilla, una orilla como la fina línea que separa al cuerpo del medio, como una delgada capa de piel que separa el placer del dolor, la muerte de la vida y eso viene a ser como todo, bajo el agua, pestañeando, siguiendo vivo bajo el agua acumulada entre sueños, visiones y pisadas reales por la arena. El primer mar es el de lo vulnerable, la bola de cristal dentro de la cual estamos Carlos, Julia, Francisco y la abuela Clotilde. Yo, no hace falta decirlo. La abuela Clotilde se pone de espaldas a las pequeñas olas y las disfruta cuando revientan sobre ella, es un peñasco, una piedra invencible para las aguas que se quedó anclada, con los ojos perdidos en Carlos y yo, a metros de ella, siendo niños, esperando a la muerte como ella pero más lejos de ella. El agua revienta detrás de la abuela de piedra y moja a sus íntimos moradores que escapan aduciendo frío, tempestades próximas, escapan volando, estallando sobre su cabeza, dejándola en paz por algunos minutos que en comparación con la vida seca, sin las olas, son una real miseria. Más adentro, donde el agua se pone densa y esconde sombras que tienen forma de largas manos o cuerpos enteros transitando en medio de las piernas, Julia y Francisco están abrazados y reposan el uno sobre el otro. El agua los mece y yo, que estoy lejos, casi en la orilla, haciendo un agujero para enterrarme vivo de una vez por todas, imagino sus pies metidos dentro de la arena suave de ese punto en que el mar empieza a quererlo todo para sí. Hay una carretera por la que nadie transita y hay un manglar en el que imagino una muerte segura, grandes raíces emergentes, bolsas plásticas enredadas en ellas, obstruidos neumatóforos. Sigo cavando con fuerza, hundo mis manos y tiro la arena hacia atrás mientras las olas se despedazan contra la abuela Clotilde, sólida, y alzan, meciéndolos, a Francisco y a Julia, medusas entregadas a la corriente. Hundo más las manos y Carlos me ayuda.

—¿Por qué tenemos que hacerlo tan grande, Lu?

—Porque cuando ellos se ahoguen, habrá que enterrarlos.

Leo había puesto un trapo de agua fría en la frente de Mercurio. Estaba ardiendo en una fiebre recalcitrante que desde esa mañana volvía todo de un incandescente amarillo, luces deteriorándose ante los ojos. El delirio estaba próximo y había momentos en que Mercurio no podía levantar un brazo, mover la boca, abrir los ojos, nada, el cuerpo derrotado no respondía. Leo pasaba su mano, delicadamente, con el trapo frío y le repetía que llamaría al doctor antes de irse a trabajar. Porque esa tarde-noche tenía reunión, reunión para responder al Estado un par de acusaciones hechas con su dedo rígido sobre muchas desarraigadas. Incluso Mercurio era de esas, de las destruidas. Mirá si estás destruida, decía Leo rogando de nuevo que fueran al doctor, tratando de contener su llanto. Le resultaba increíble que esto estuviera pasando, que la vida misma se negara a actuar con su cíclico furor sobre Mercurio, todo lo iba abandonando en una desbandada de fantasmas y convictos pájaros muertos.

Lo dejó dormido en el sillón, con menos fiebre, flotando en sueños quizá. Ella se acomodó las ropas, se amarró la pañoleta sobre el pelo y salió después de darle un prolongado beso en la frente. Quería que el beso fuera en los labios y así lo hizo, se demoró en los labios de Mercurio, un beso caliente por la fiebre, lleno de enfermedad y de fracaso y de un oculto amor, disipado entre la pañoleta y el gesto de besar.

Él despertó para encontrarse solo en el departamento, horas después. La fiebre había descendido y se metió bajo el chorro de agua fría buscando recuperar las fuerzas que el día y el insecto le habían arrebatado. Escuchaba a Sífilis revolotear en algún punto del departamento, chocar contra la madera del cielorraso, haciendo notar su presencia. Tal vez por eso había soñado lo de escapar hacia la fama, estar buscando la salida del edificio para encontrarse con

Solitaria y Patricia que le tenderían las manos, tenemos otro trabajo para vos, hermoso, será el mejor, vas a ver cómo ahora sí te va a llover platica. Iba bajando las escaleras del edificio, dando tumbos, ciego animal enfermo, y buscaba el pasamanos desesperadamente mientras un montón de polillas, calavera dibujada y espesa, llegaban a taparle la visión. Sus manos buscaban disipar la densa nube de alas que lo rodeaba. Negros cuerpos de insectos, engordados en el paso del tiempo y de la enfermedad, que ahora salían de un agujero desconocido solamente para venir a obnubilar su rostro. Sus manos, una manta inútil, una protección desactivada. Rodó por las escaleras hasta el primer piso y quedó mirando hacia el techo, donde miles de Sífilis, pequeñas, huían a través del viejo tragaluz roto. Ahora el agua iba bajando como un espeso manto caliente, recorría el pecho y se escondía en las ingles. Claro que las buscaría aunque llegaran los insectos a la hora de bajar por las escaleras. Eran las únicas que podían ofrecerle algo, lo que fuera, a cambio de plata, se lo juro, lo hago, no me importa cómo, nada, porque ya no es lo mismo ni siquiera el agua, nada es lo mismo cuando se aproxima una fiera con un cuchillo destinado a tu cuello, ya no es lo mismo pasar del agua caliente al medio frío en que reposan los cuerpos inertes, por eso hago lo que sea, lo que sea y no me voy a echar para atrás nunca, porque ya ellas me vieron y saben lo que soy y lo que puedo hacer. ¿Cuerpo? ¿Dónde andás, mapa de flechas discursivas? Pues ahora mis manos intentan devolver algo, un hálito, el símbolo del placer que entre mis muslos seduce ya no existe. ¿Dónde lo has escondido, cuerpo? De vos, de mí que es lo mismo, depende la plata, el fin, los roces con esta creciente marea de nervios enfermos. ¿Dónde encontrar realmente lo que has estado escondiendo como un grito, cuerpo? Animal que se gangrena, Mercurio siente el embate del frío cuando el paño no lo cubre y el agua sigue discurriendo sobre vellos y miembros. El pene dormido lo perturba y entonces busca la ropa, el deleite de cubrir todas las palabras con un pantalón, una camiseta. La fiebre ha ido desapareciendo a medida que se extienden las ganas de encontrarse fuera de estas paredes, de nuevo explotando frente a los ojos.

Después de caminar a través de la ciudad con la sensación inconclusa del temor, Mercurio se halló frente al edificio en que había hecho la prueba frente a Solitaria y Patricia Corazón. Entró como si nada y subió las escaleras hasta encontrarse frente a la misma puerta, un poco más destruida, como abandonada. ¿Y si todo este viaje hubiera sido en vano? De ninguna manera, adentro se escuchaba algo parecido a voces discutiendo, movimiento, pasos. Tocó dos veces. Adentro se hizo el silencio y pocos segundos después la puerta se abrió de par en par, apareciendo la cara estirada de Solitaria que abrió la boca para mostrar sus dientes. Hola, saludó él, obteniendo un escueto saludo de vuelta y después de preguntar si tenía tiempo para atenderlo, ella cerró la puerta y se quedó hablando con él en el pasillo. Mercurio le habló de su situación desesperadamente, incluso, sin poder callarse, le comentó el terrible diagnóstico del médico y cómo esa mañana y toda la noche anterior había estado aquejado por agresivas fiebres. Solitaria no se mostraba nada convencida, en su semblante estaba el asco, como si el olor a miseria o despojo hubiera empezado a meterse por las estrechas ventanas o conductos de aire. Mercurio prosiguió, le recordó que había hecho videos con ellas, le recordó los buenos comentarios que le habían hecho, le recordó que sin él no se habrían asegurado el éxito del video que vendieron a... Pero Solitaria, igualando a Mercurio en el terreno de la indiscreción, soltó una risa y volvió a repetir que no, definitivamente estaba delirando, había hecho el viaje en vano pues no tenían nada que ofrecerle. ¡Pagame lo que me debés, entonces, hija de perra! Ella se detuvo, ya estaba tocando la puerta del departamento, y vino hasta él enojada, escupiéndole en la cara que no le debía absolutamente nada, pues nunca, nadie podría comprobarlo, había trabajado para ella. Nunca. Sus videos nunca serían vistos por nadie hasta que alguien lo decidiera, alguien más allá, alguien que no era ella ni la gorda florida, sus videos estaban encajonados como los de todos los Mercurios, porque su rostro era un rostro múltiple, un rostro hecho de rostros que no servían nada más que para ir acumulando posibilidades. Mercurio empezó a derrumbarse en una decepción, en un destrozo desacompasado como un final sin tino. Solitaria volvió a la puerta y tocó, pero esta vez, antes de desaparecer, más apaciguada, se volvió a él.

Lo mejor era el esplendor violeta de las aguas al atardecer, cuando solamente quedaban sombras negras revolcándose dentro de ellas y repetidas bandadas de pájaros marinos surcaban el cielo, como arrepentidos de su viaje. La gran espalda de la abuela Clotilde se interponía entre el mar y yo. Carlos, derrotado por el día y el agua, yacía en el asiento trasero de viejo Fiat 74 en que dormiría con mamá. Aquel mar tardaría toda la noche y parte del día siguiente y yo tardaría con él. La abuela Clotilde fumaba con los ojos perdidos en el violeta que ya se iba transformando en la silueta apagada de los moribundos. Mis pies caminaron sobre la arena, había bajo mis pies, aquellos pies, un montón de arena fría no violada por las huellas humanas, por la inclemencia de otros cuerpos perdidos. La abuela Clotilde era una mujer recia y sola, triste, viciosa. Bebía, pero ese día no lo hizo. Me dijo que el mar no era lugar para el guaro, ella no bebía frente al mar porque el mar era lo más parecido que había a Dios. Me senté junto a ella y pude degustar el olor acre del tabaco rubio que fumaba, con la boca de labios secos adherida al cigarro. Francisco y Julia no estaban, habían ido a caminar por la playa con la ilusión estúpida de renovar un sentimiento añejo y destruido. En el Fiat 74 el cuerpo de Carlos estaba esperándome, más pequeño que yo, menos terrible. La abuela Clotilde dijo: voy al agua, y se levantó tirando la chinga sobre la arena, un remolino de chispas la hizo desaparecer y solamente pude contemplar su enorme silueta de piedra caminando hacia las olas en la desaparición del violeta. Se habían abierto las puertas al cerúleo enfermo que ya podía considerarse como noche. La piedra comenzó a hundirse en las aguas, como un inmenso buque herido en su casco por la bala enemiga, dejando en mí la sensación ponzoñosa de la absoluta soledad. Me levanté para no perder de vista la cabeza de la abuela Clotilde: ahora solo un punto negro transitando entre corrientes de agua o cardúmenes menores. Poco a poco la mujer que era mi abuela se perdía y al mismo tiempo, redescubriendo sus carnosas extremidades devastadas, Francisco y Julia, a quienes la historia de vida me obliga a llamar padres, contemplaban con asombro el intenso choque de los muslos. Corrí al Fiat 74, único recuerdo del abuelo que lo utilizaba para distribuir productos varios a lo largo de todos los estrechos caminos de Atenas, abrí la puerta y me acosté al lado del sudoroso y caliente cuerpo de Carlos. Carlos tenía siete y yo tenía diez. Estaba a mi lado, una almohada que respira mientras una cabeza de piedra se pierde entre olas ridículas, un mar estúpido y sobrio. La abuela Clotilde y sus pulmones enfermos tragaban agua y libertad mientras el cuerpo de Carlos iba cediendo a mis exigencias: abrir sus nalgas y oler el canal tenue que lleva a lo profundo y hurgar en lo profundo con un dedo delator, endurecerse justo al lado del hermano, justo en su espalda y darse cuenta de que el cuerpo es capaz de marcar a otros cuerpos como si fueran suyos, como si nunca jamás un cuerpo pudiera borrar la huella que otro le ha dejado, marca de sangre o fierro ardiendo, mi pene era una brocha que dibujaba el camino del caracol sobre la espalda aceitunada de un hermano dormido y subterráneo. El sueño, siempre de plomo y coralino, le ganó la apuesta a la ferocidad sexual y me fui desintegrando en un sueño de persecución: mis piernas cansadas empezaron a caminar sobre una playa desierta en la que no había nada más que arena y conchas quebradas, los pies ardían aunque el sol no existiera. La playa, como todas las que atravesaría, describía una medialuna. Era fácil reconocerse en una isla y de este modo saber que tarde o temprano, por más que anduviera sobre las arenas de las playas, terminaría llegando al mismo punto en que empezaron a andar mis pies cansados: la arena y las conchas quebradas. Al final de la playa una formación rocosa me separaba de la playa siguiente en la que había una arena muy blanca y un enorme pozo de agua, que parecía dulce, en medio de la arena. La sed empezó a hincharse como una glándula infecta. Me acerqué a beber un poco de agua al pozo, estanque varado, y me recibieron las cientos de tenazas amenazantes de cangrejos inmensos y negros que se removían bajo las aguas. ¿Pero qué era lo que perseguía o aquello que me perseguía? Porque me atreví a decir que *me fui desintegrando en un sueño de persecución.* Tal vez continuara despierto, o despierto en algún punto de mi espacio, en algún sensible nudo desde el cual se desprendieran playas que describían medialunas, desiertas y extrañas, y la isla que contenía dichas playas. Pero estaba ahí, en el Fiat 74 y en el borde del estanque amenazado por las tenazas de los crustáceos, no dispuesto a esquivar la muerte del dormir, la fina aguja que se cuela desde el estanque hasta el espejo retrovisor como una enredadera que se sumerge en la intrincada solidez de la tapia que la sostiene. Desde el estanque hasta la noche en que dormía dentro del Fiat, formulando una y otra vez la interrogante: ¿qué era aquello que me perseguía o que yo desesperadamente buscaba? La parábola descrita por lo que sea que haya escapado de mi lenguaje inexacto cayó lejos de todos mis círculos. La amenaza constante se desdibuja robusta.

Solitaria le había ido explicando cuidadosamente, sin perturbarse por la desolación que se iba dibujando en el rostro de Mercurio. Y Mercurio se sabía completamente destruido, iba elevándose sobre las azoteas de la ciudad como una hoja fragmentada por un pie descuidado. No había opción más allá de una muerte llena de triunfo: Solitaria abrió la mano y le mostró, escrito en un papel —las paredes oyen, todo oye, todo espía, todo es un fluido en decadencia— la cantidad de plata que más o menos hacía girar el negocio: vos le resolvés la vida a alguien con esto, es el trato, vos nos decís a quién le tenemos que dejar la plata y listo. Ella fue franca, directa. Las preguntas estaban rebotando por todas partes, iban y venían constantemente mientras otras personas que él nunca había visto en compañía de estas dos mujeres se movían por el departamento atendiendo llamadas y fijando sumas exorbitantes. Patricia, según escuchaba él, les pedía moverse, empacar rápido y, sobre todo, no dejar de estar pendientes de los teléfonos. Una vela ofrecida a la virgen por Patricia tenía que ser, según la oyó decir, lo último en quitarse. Toda la ciudad era un campo de cajas, un ordenamiento azaroso hecho por manos descuidadas, sobre el que Mercurio iba desvaneciéndose. Era tantos, lo comprendía ahora, eran tantos, era un rostro tan plural. Solitaria lo trajo consigo al sillón, dejando atrás las latas oxidadas y las oficinas de rancios burócratas. En una caja había frascos con etiquetas ilegibles: de ellos provenía el olor a formol que había notado desde la primera vez que cruzó la puerta. Se estaban yendo a toda prisa, huían de los ojos del mundo y él había venido a ellas buscando la oportunidad de entregarse a esos ojos. Era muchísima plata que sin duda le serviría a Carlos para largarse de Atenas, largarse y hacer lo que le diera la gana, aunque ya sin él. Era cuestión de decir que sí, no hacía falta ni una firma porque los cuerpos enfermos como el de él solamente asienten y se fulminan, se deshacen en una horda de palabras como alambres, como agua en vórtice. Los frascos chocaron entre sí cuando un muchacho con brazos gruesos alzó la caja y salió: el otro había informado a todos los presentes que la camioneta estaba frente al edificio. Solitaria, desesperada, volvió a preguntar: ¿sí o no? Es lo único que te ofrezco: la piel de Mercurio se va llenando de heridas profundas y su rostro aparece demacrado e irreconocible. Las manos de Leo hace días que marcan números en que voces terribles le recuerdan que no existe sitio en el mundo en el cual se pueda huir completamente. Nada se va y nada retorna. Un desvanecimiento absoluto de un algo, de una masa, de eso que fue primero Lucas y luego fue Mercurio y que ahora es una posible inexistencia: ¿me prometés que no lo has visto? Estoy preocupada, no sé qué hacer, hace más de una semana que se largó. No, no tengo dónde llamarlo. La voz se le quiebra al igual que los huesos de Mercurio sobre la camilla. La boca del cirujano plástico se mueve por su cuerpo y la de sus ayudantes también, se deleitan en la sangre coagulada que va quedando sobre el cuerpo y debajo de él. Aplauden porque su misión está casi hecha, casi consumado el acto vivificador de hacer que un rostro se convierta en otro, en su reverso indistinguible, en su inexistencia misma: aparece finalmente la palabra que anduve buscando, que pude haber puesto desde la primera página y sin embargo no lo hice, *inexistencia*, la única capaz de decir lo que no dirán ciento y pico de páginas, lo que no dirá un dolor ataviado de hilos, agujas y carne desenmascarada. Una palabra que es novela, algo, algo más que una palabra, nada de un sentido. Una manzana pende del árbol y la miramos; la manzana cae del árbol mientras volteamos a mirar otra manzana que pende del mismo árbol; la manzana que pendía del árbol y que no era la segunda manzana ha dejado de existir y no la vimos en el momento de su acabamiento: Mercurio empezaba a sentir que Sífilis tenía razón al no llevárselo pronto, pues algo más faltaba, un sentimiento de azaroso vagar iba tomando la forma de un pánico rojizo. El olor de su propia sangre se movía como una babosa sobre lo húmedo. Su piel se comunicaba con el dolor impregnado en las paredes de este recinto. Mercurio se reconocía como algo pronto a morir pero sin la posibilidad de morir. Mucho faltaba todavía para el paso final hacia la muerte: la manzana simplemente deja vacante un sitio del árbol. Los ojos no son capaces de figurarse el momento exacto en que la manzana ya no existe como parte del árbol. Es decir que simplemente la manzana ya no existe. Leo creía esto de Mercurio. Un día cayó del árbol y se había transformado en una muerte peregrina que poco importaba a las impertinentes lluvias del invierno. Se iría resignando con los días, con los meses, a la desaparición del cuerpo mercuriano y a la desaparición del amor que ese cuerpo le había hecho brotar como una melodía de enredaderas espinosas. Mercurio trepaba las tapias del cuerpo de Leo o de la muerte inalcanzable, daba igual y nadie lo sabía: de pronto una voz que él se figuró como conocida dijo que todo había acabado y que pronto estaría libre, solo faltaba lo último, lo definitivo, lo trascendental. El cirujano se aproximó con la punta del bisturí hacia sus ojos todavía entreabiertos y descorrió el párpado mientras el otro, con una jeringa enorme, cargada de anestesia, la inyectó sin piedad. Mercurio se movió, sus pies alados quisieron escapar a la hondura de la infinitud olímpica. Sus ojos fueron dos pájaros precipitándose contra el suelo.

Atenas, 2014-2015

TABLA DE CONTENIDOS

Otros títulos en la colección Bartleby

Blas Dotta, *Breves en el tiempo*/José Solórzano, *La paciencia de los insectos*

Luis Chaves, *Asfalto/Salvapantallas*

Andrea Jeftanovic, *Escenario de guerra*

Lina Meruane, *Sangre en el ojo*

Mario Levrero, *La ciudad*

Mónica Ríos, *Alias el Rocío*

Stanley Crawford, *Bitácora del SS el Señora Unguentín*

Carola Saavedra, *Paisaje con dromedario*

ediciones lanzallamar

www.ingramcontent.com/pod-product-compliance
Lightning Source LLC
Chambersburg PA
CBHW030754210626
46807CB00017B/2522